Robert Musil

~

Drei Frauen - Erzählungen

„Die selten gewürdigte Tiefe menschlicher Emotionen in all ihren schönen wie auch bedrückenden Facetten – das zentrale Thema in Musils Werk kommt auch in den drei Erzählungen „Grigia“, „Die Portugiesin“ und „Tonka“ zu seinem Recht.“ *Redaktion Gröls-Verlag* (Edition I Werke der Weltliteratur)

Redaktionelle Hinweise und Impressum

Das vorliegende Werk wurde zugunsten der Authentizität sehr zurückhaltend bearbeitet. So wurden etwa ursprüngliche Rechtschreibfehler regelmäßig *nicht* behoben, denn kleine Unvollkommenheiten machen das Buch – wie im Übrigen den Menschen – erst authentisch. Mitunter wurden jedoch zum Beispiel Absätze behutsam neu getrennt, um den Lesefluss zu erleichtern.

Wir sind bemüht, ein ansprechendes Produkt zu gestalten, welches angemessenen Ansprüchen an das Preis/Leistungsverhältnis und vernünftigen Qualitätserwartungen gerecht wird. Um die Texte zu rekonstruieren, werden antiquarische Bücher von leistungsfähigen Lesegeräten gescannt und dann durch eine Software lesbar gemacht. Der so entstandene Text wird von Menschen gegen eine Aufwandsentschädigung gegengelesen und korrigiert – Hierbei können gelegentlich Fehler auftreten. Wenn Sie ebenfalls antiquarische Texte einreichen möchten, wenden Sie sich für weitere Informationen gerne an

www.groels.de

Informieren Sie sich dort auch gerne über die anderen Werke aus unserer

Edition | Bedeutende Werke der Weltliteratur

Sie werden es mit 95,07 %iger Wahrscheinlichkeit nicht bereuen.

Die Deutsche Nationalbibliothek verzeichnet dieses Werk in der Deutschen Nationalbibliografie.

Verleger: Marcel Hermann-Josef Gröls, Poelchaukamp 20, 22301 Hamburg.
Externer Dienstleister für Distribution und Herstellung: BoD, In de Tarpen 42, 22848 Norderstedt

Inhaltsverzeichnis

Die Portugiesin

Sie hießen in manchen Urkunden delle Catene und in andern Herren von Ketten; sie waren aus dem Norden gekommen und hatten vor der Schwelle des Südens halt gemacht; sie gebrauchten ihre deutsche oder welsche Zugehörigkeit, wie es der Vorteil gebot, und fühlten sich nirgends hingehören als zu sich.

Seitlich des großen, über den Brenner nach Italien führenden Wegs, zwischen Brixen und Trient, lag auf einer fast freistehenden lotrechten Wand ihre Burg; fünfhundert Fuß unter ihr tollte ein wilder kleiner Fluß so laut, daß man eine Kirchenglocke im selben Raum nicht gehört hätte, sobald man den Kopf aus dem Fenster bog. Kein Schall der Welt drang von außen in das Schloß der Catene, durch diese davorhängende Matte wilden Lärms hindurch; aber das gegen das Toben sich stemmende Auge fuhr ohne Hindernis durch diesen Widerstand und taumelte überrascht in die tiefe Rundheit des Ausblicks.

Als scharf und aufmerksam galten alle Herren von Ketten, und kein Vorteil entging ihnen in weitem Umkreis. Und bös wie Messer waren sie, die gleich tief schneiden. Sie wurden nie rot vor Zorn oder rosig vor Freude, sondern sie wurden dunkel im Zorn und in der Freude strahlten sie wie Gold, so schön und so selten. Sie sollen einander alle, wer immer sie im Lauf der Jahre und Jahrhunderte waren, auch hoch darin geglichen haben, daß sie früh weiße Fäden in ihr braunes Haupt- und Barthaar bekamen und vor dem sechzigsten Jahr starben; auch darin, daß in ihren mittelgroßen, schlanken Körpern die ungeheure Kraft, die sie manchmal zeigten, gar nicht Platz und Ursprung zu haben, sondern aus ihren Augen und Stirnen zu kommen schien, doch war dies Gerede von eingeschüchterten Nachbarn und Knechten. Sie nahmen, was sie an sich bringen konnten, und gingen dabei redlich oder gewaltsam oder listig zu Werk, je wie es kam, aber stets ruhig und unabwendbar; ihr kurzes Leben war ohne Hast und endete rasch, ohne nachzulassen, wenn sie ihr Teil erfüllt hatten.

Es war Sitte im Geschlecht der Ketten, daß sie sich mit dem in ihrer Nähe ansässigen Adel nicht versippten; sie holten ihre Frauen von weit her und holten reiche Frauen, um durch nichts in der Wahl ihrer Bündnisse und Feindschaften beschränkt zu sein. Der Herr von Ketten, welcher die schöne Portugiesin vor zwölf Jahren geheiratet hatte, stand damals in seinem dreißigsten Jahr. Die Hochzeit fand in der Fremde statt, und die sehr junge Frau sah ihrer Niederkunft entgegen, als der schellenklingelnde Zug der Gefolgsleute und Knechte, Pferde, Dienerinnen, Saumtiere und Hunde die Grenze des Gebiets der Catene überschritt; die Zeit war wie ein einjähriger Hochzeitsflug vergangen. Denn alle Ketten waren glänzende Kavaliere, bloß zeigten sie es nur in dem einen Jahr ihres Lebens, wo sie freiten; ihre Frauen waren schön, weil sie schöne Söhne wollten, und es wäre ihnen anders nicht möglich gewesen, in der Fremde, wo sie nicht so viel galten wie daheim, solche Frauen zu gewinnen; sie wußten aber selbst nicht, zeigten sie sich in diesem einen Jahr so, wie sie wirklich waren, oder in all den andren. Ein Bote mit wichtiger Nachricht kam den Nahenden entgegen: noch waren die farbigen Gewänder und Federwimpel des Zugs wie ein großer Schmetterling, aber der Herr von Ketten hatte sich verändert. Er ritt, als er sie wieder eingeholt hatte, langsam neben seiner Frau weiter, als wollte er Eile für sich nicht gelten lassen, aber sein Gesicht war fremd geworden wie eine Wolkenwand. Als bei einer Biegung des Wegs plötzlich das Schloß vor ihnen auftauchte, nur noch eine Viertelstunde entfernt, brach er mit Anstrengung das Schweigen.

Er wollte, daß seine Frau umkehre und zurückreise. Der Zug hielt an. Die Portugiesin bat und bestand darauf, daß sie weiterritten; umzukehren war auch Zeit, nachdem man die Gründe gehört hatte.

Die Bischöfe von Trient waren mächtige Herren, und das Reichsgericht sprach ihnen zu Munde: seit des Urgroßvaters Zeit lagen die Ketten mit ihnen in Streit wegen Stücken Lands, und bald war es ein

Rechtsstreit gewesen, bald waren aus Forderung und Widerstand blutige Schlägereien erwachsen, aber jedesmal waren es die Herren von Ketten gewesen, die der Überlegenheit des Gegners nachgeben mußten. Der Blick, dem sonst kein Vorteil entging, wartete hier vergeblich, ihn zu gewahren; aber der Vater überlieferte die Aufgabe dem Sohn, und ihr Stolz wartete in der Geschlechterfolge, ohne weich zu werden, weiter.

Es war dieser Herr von Ketten, dem sich der Vorteil darbot. Er erschrak darüber, daß er ihn beinahe versäumt hätte. Eine mächtige Partei im Adel lehnte sich gegen den Bischof auf, es war beschlossen worden, ihn zu überfallen und gefangen zu nehmen, und der Ketten, als man vernommen hatte, daß er wiederkam, sollte ein Trumpf im Spiel sein. Ketten, seit Jahr und Tag abwesend, wußte nicht, wie es um die bischöfliche Kraft stand; aber das wußte er, daß es eine böse, jahrelange Probe von unsicherem Ausgang sein würde, und daß man sich nicht auf jeden bis zum bitteren Ende würde verlassen können, wenn es nicht gelang, Trient gleich anfangs zu überrumpeln. Er grollte seiner schönen Frau, weil sie ihn beinahe die Gelegenheit hatte verspielen lassen. So sehr gefiel sie ihm, der um einen Pferdehals zurück neben ihr ritt, wie immer; auch war sie ihm noch so geheimnisvoll wie die vielen Perlenketten, die sie besaß. Wie Erbsen hätte man solche Dinger zerdrücken können, wenn man sie in der hohlen, sehnengeflochtenen Hand wog, dachte er neben ihr reitend, aber sie lagen so unbegreiflich sicher darin. Nur war dieser Zauber von der neuen Nachricht beiseite geräumt worden wie die Mummenträume des Winters, wenn die knäbisch nackten ersten sonnenharten Tage wieder da sind. Gesattelte Jahre lagen vorauf, in denen Weib und Kind fremd verschwanden.

Aber die Pferde waren inzwischen an den Fuß der Wand gelangt, worauf die Burg stand, und die Portugiesin, als sie alles angehört hatte, erklärte noch einmal, daß sie bleiben wolle. Wild stieg das Schloß auf. Da und dort saßen an der Felsbrust verkümmerte Bäumchen wie einzelne Haare. Die Waldberge stürzten so auf und nieder, daß man diese Häßlichkeit einem, der nur die Meereswellen kannte, gar nicht hätte zu beschreiben vermögen. Voll kaltgewordener Würze war die Luft, und alles war so, als ritte man in einen großen zerborstenen Topf hinein, der eine fremde grüne Farbe enthielt. Aber in den Wäldern gab es den Hirsch, Bären, das Wildschwein, den Wolf und vielleicht das Einhorn. Weiter hinten hausten Steinböcke und Adler. Unergründete Schluchten boten den Drachen Aufenthalt. Wochenweit und -tief war der Wald, durch den nur die Wildfährten führten, und oben, wo das Gebirge ihm aufsaß, begann das Reich der Geister.

Dämonen hausten dort mit dem Sturm und den Wolken; nie führte eines Christen Weg hinauf, und wann es aus Fürwitz geschehen war, hatte es Widerfahrnisse zur Folge, von denen die Mägde in den Winterstuben mit leiser Stimme berichteten, während die Knechte geschmeichelt schwiegen und die Schultern hochzogen, weil das Männerleben gefährlich ist und solche Abenteuer einem darin zustoßen können. Von allem, was sie gehört hatte, erschien es aber der Portugiesin als das Seltsamste: So wie noch keiner den Fuß des Regenbogens erreicht hat, sollte es auch noch nie einem gelungen sein, über die großen Steinmauern zu schaun; immer waren neue Mauern dahinter; Mulden waren dazwischen gespannt wie Tücher voll Steinen, Steine so groß wie ein Haus, und noch der feinste Schotter unter den Füßen nicht kleiner als ein Kopf; es war eine Welt, die eigentlich keine Welt war. Oft hatte sie sich in Träumen dieses Land, aus dem der Mann kam, den sie liebte, nach seinem eigenen Wesen vorgestellt und das Wesen dieses Mannes nach dem, was er ihr von seiner Heimat erzählte. Müde des pfaublauen Meers, hatte sie sich ein Land erwartet, das voll Unerwartetem war wie die Sehne eines gespannten Bogens; aber da sie das Geheimnis sah, fand sie es über alles Erwarten häßlich und mochte fliehn. Wie aus Hühnerställen zusammengefügt war die Burg. Stein auf Fels getürmt. Schwindelnde Wände, an denen der Moder wuchs. Morsches Holz oder rohfeuchte Stämme. Bauern- und Kriegsgerät, Stallketten und Wagenbäume. Aber da sie nun hier war, gehörte sie her, und vielleicht war das, was sie sah, gar nicht häßlich, sondern eine Schönheit wie die Sitten von Männern, an die man sich erst gewöhnen mußte.

Als der Herr von Ketten seine Frau den Berg hinaufreiten sah, mochte er sie nicht anhalten. Er dankte es ihr nicht, aber es war etwas, das weder seinen Willen überwand, noch ihm nachgab, sondern ausweichend ihn anderswohin lockte und ihn unbeholfen schweigend hinter ihr dreinreiten machte wie eine arme verlorene Seele.

Zwei Tage später saß er wieder im Sattel.

Und elf Jahre später tat er es noch. Der Handstreich gegen Trient, leichtfertig vorbereitet, war mißlungen, hatte der Rittermacht gleich im Anfang über ein Drittel ihres Gefolges gekostet und mehr als die Hälfte ihres Wagemuts. Der Herr von Ketten, am Rückzug verwundet, kehrte nicht gleich nach Hause zurück; zwei Tage lang lag er in einer Bauernhütte verborgen, dann ritt er auf die Schlösser und fachte den Widerstand an. Zu spät gekommen zur Vorberatung und Bereitung des Unternehmens, hing er nach dem Fehlschlag daran wie der Hund am Ohr des Bullen. Er stellte den Herrn vor, was ihrer wartete, wenn die bischöfliche Macht zum Gegenschlag kam, ehe ihre Reihen wieder geschlossen seien, trieb Säumige und Knausernde an, preßte Geld aus ihnen, zog Verstärkungen herbei, rüstete und ward zum Feldhauptmann des Adels gewählt. Seine Wunden bluteten anfangs noch so, daß er täglich zweimal die Tücher wechseln mußte; er wußte nicht, während er ritt und umsprach und für jede Woche, um die er zu spät zur Stelle gewesen war, einen Tag fernblieb, ob er dabei an die zauberhafte Portugiesin dachte, die sich ängsten mußte.

Fünf Tage nach der Kunde von seiner Verwundung kam er erst zu ihr und blieb bloß einen Tag. Sie sah ihn an, ohne zu fragen, prüfend, wie man dem Flug eines Pfeils folgt, ob er treffen wird.

Er zog seine Leute herbei bis zum letzten erreichbaren Knaben, ließ die Burg in Verteidigungszustand setzen, ordnete und befahl. Knechtlärm, Pferdegewieher, Balkentragen, Eisen- und Steinklang war dieser Tag. In der Nacht ritt er weiter. Er war freundlich und zärtlich wie zu einem edlen Geschöpf, das man bewundert, aber sein Blick ging so gradaus wie aus einem Helm hervor, auch wenn er keinen trug. Als der Abschied kam, bat die Portugiesin, plötzlich von Weiblichkeit überwältigt, wenigstens jetzt seine Wunde waschen und ihr frischen Verband auflegen zu dürfen, aber er ließ es nicht zu; eiliger, als es nötig war, nahm er Abschied, lachte beim Abschied, und da lachte sie auch.

Die Art, wie der Gegner den Streit auskämpfte, war gewaltsam, wo sie es sein konnte, wie es dem harten, adeligen Mann entsprach, der das Bischofsgewand trug, aber sie war auch, wie es dieses frauenhafte Gewand ihn gelehrt haben mochte, nachgiebig, hinterhältig und zäh. Reichtum und ausgedehnter Besitz entfalteten langsam ihre Wirkung in stufenweisen, bis zum letzten Augenblick hinaus verzögerten Opfern, wenn Stellung und Einfluß nicht mehr ausreichten, um sich Helfer zu verbünden. Entscheidungen wich diese Kampfweise aus. Rollte sich ein, sobald sich der Widerstand zuspitzte; stieß nach, wo sie sein Erschlaffen erriet. So kam es, daß manchmal eine Burg berannt wurde, und wenn sie nicht rechtzeitig entsetzt werden konnte, unter blutigem Hinmorden fiel, manchmal aber auch durch Wochen Heerhaufen in den Ortschaften lagerten und nichts geschah, als daß den Bauern eine Kuh weggetrieben oder ein paar Hühner abgestochen wurden. Aus Wochen wurde Sommer und Winter, und aus Jahreszeiten wurden Jahre. Zwei Kräfte rangen miteinander, die eine wild und angriffslustig, aber zu schwach, die andre wie ein träger, weicher, aber grausam schwerer Körper, dem auch noch die Zeit ihr Gewicht lieh.

Der Herr von Ketten wußte das wohl. Er hatte Mühe, die verdrossene und geschwächte Ritterschaft davon abzuhalten, in einem plötzlich beschlossenen Angriff ihre letzte Kraft auszugeben. Er lauerte auf die Blöße, die Wendung, das Unwahrscheinliche, das nur noch der Zufall bringen konnte. Sein Vater hatte gewartet und sein Großvater. Und wenn man sehr lange wartet, kann auch das geschehn, was selten geschieht. Er wartete elf Jahre. Er ritt elf Jahre lang zwischen den Adelssitzen und den Kampfhaufen hin und her, um den Widerstand wach zu halten, erwarb in hundert Scharmützeln immer von neuem den Ruf verwegener Tapferkeit, um den Vorwurf zaghafter Kriegsführung von sich fern zu halten, ließ es zeitweilig auch zu großen blutigen Treffen kommen, um den Zornmut der Genossen anzufachen, aber auch er wich ebenso gut wie der Bischof einer Entscheidung aus. Er wurde oftmals leicht verwundet, aber er war nie länger als zweimal zwölf Stunden zuhause. Schrammen und das umherziehende Leben bedeckten ihn mit ihrer Kruste. Er fürchtete sich wohl, länger zuhause zu bleiben, wie sich ein Müder nicht setzen darf. Unruhige angehalfterte Pferde, Männerlachen, Fackellicht, die Säule eines Lagerfeuers wie ein Stamm aus Goldstaub zwischen grün aufschimmernden Waldbäumen, Regengeruch, Flüche, aufschneidende Ritter, Hunde, an Verwundeten schnuppernd, gehobene Weiberröcke und verschreckte Bauern waren seine Zerstreuung in diesen Jahren. Er blieb mitten drin schlank und fein. In sein braunes Haar begannen sich weiße Haare zu schleichen, sein Gesicht kannte kein Alter. Er mußte grobe Scherze erwidern und tat es wie ein Mann, aber seine Augen bewegten sich wenig dabei. Er wußte dreinzufahren wie ein Ochsenknecht, wo sich die Mannszucht lockerte; aber er schrie nicht, sein Wort war leis und kurz, die Soldaten fürchteten ihn, nie schien der Zorn ihn selbst zu ergreifen, aber er strahlte von ihm aus, und sein Gesicht wurde dunkel. Im Gefecht vergaß er sich; da ging alles diesen Weg gewaltiger, Wunden schlagender Gebärden aus ihm heraus, er wurde tanztrunken, bluttrunken, wußte nicht, was er tat, und tat immer das Rechte. Die Soldaten vergötterten ihn deshalb; es begann sich die Legende zu bilden, daß er sich aus Haß gegen den Bischof dem Teufel verschrieben habe und ihn heimlich besuche, der in Gestalt einer schönen fremden Frau auf seiner Burg weilte.

Der Herr von Ketten, als er das zum erstenmal hörte, wurde nicht unwillig, noch lachte er, aber er wurde ganz dunkelgolden vor Freude. Oft, wenn er am Lagerfeuer saß oder an einem offenen Bauernherd, und der durchstreifte Tag, so wie regensteifes Leder wieder weich wird, in der Wärme zerging, dachte er. Er dachte dann an den Bischof in Trient, der auf reinem Linnen lag, von gelehrten Klerikern umgeben, Maler in seinem Dienst, während er wie ein Wolf ihn umkreiste. Auch er konnte das haben. Einen Kaplan hatte er auf der Burg bestallt, damit für Unterhaltung des Geistes gesorgt sei, einen Schreiber zum Vorlesen, eine lustige Zofe; ein Koch wurde weither geholt, um von der Küche das Heimweh zu bannen, reisende Doktoren und Schüler fing man auf, um an ihrem Gespräch einige Tage der Zerstreuung zu gewinnen, kostbare Teppiche und Stoffe kamen, um mit ihnen die Wände zu bedecken; nur er hielt sich fern. Ein Jahr lang hatte er tolle Worte gesprochen, in der Fremde und auf der Reise, Spiel und Schmeichelei, – denn so wie jedes wohlgebaute Ding Geist hat, sei es Stahl oder starker Wein, ein Pferd oder ein Brunnenstrahl, hatten ihn auch die Catene; – aber seine Heimat lag damals fern, sein wahres Wesen war etwas, auf das man wochenlang zureiten konnte, ohne es zu erreichen. Auch jetzt sprach er noch zuweilen unüberlegte Worte, aber nur so lang, als die Pferde im Stall ruhten; er kam nachts und ritt am Morgen fort oder blieb vom Morgenläuten bis zum Ave. Er war vertraut wie ein Ding, das man schon lang an sich trägt. Wenn du lachst, lacht es auch hin und her, wenn du gehst, geht es mit, wenn deine Hand dich betastet, fühlst du es: aber wenn du es einmal hochhebst und ansiehst, schweigt es und sieht weg. Wäre er einmal länger geblieben, hätte er in Wahrheit sein müssen, wie er war. Aber er erinnerte sich, niemals gesagt zu haben, ich bin dies oder ich will jenes sein, sondern er hatte ihr von Jagd, Abenteuern und Dingen, die er tat, erzählt; und auch sie hatte nie, wie junge Menschen es sonst wohl zu tun pflegen, ihn gefragt, wie er über dies und jenes denke, oder davon gesprochen, wie sie sein möchte, wenn sie älter sei, sondern sie hatte sich schweigend geöffnet wie eine Rose, so lebhaft sie vordem gewesen war, und stand schon auf der Kirchentreppe reisefertig, wie auf einen Stein gestiegen, von dem man sich aufs Pferd schwingt, um zu jenem Leben zu reiten. Er kannte seine zwei Kinder kaum, die sie ihm geboren hatte, aber auch diese beiden Söhne liebten schon leidenschaftlich den fernen Vater, von dessen Ruhm ihre kleinen Ohren voll waren, seit sie hörten.

Seltsam war die Erinnerung an den Abend, dem der zweite sein Leben dankte. Da war, als er kam, ein weiches hellgraues Kleid mit dunkelgrauen Blumen, der schwarze Zopf war zur Nacht geflochten, und die schöne Nase sprang scharf in das glatte Gelb eines beleuchteten Buchs mit geheimnisvollen Zeichnungen. Es war wie Zauberei. Ruhig saß, in ihrem reichen Gewand, mit dem Rock, der in unzähligen Faltenbächen herabfloß, die Gestalt, nur aus sich heraussteigend und in sich fallend; wie ein Brunnenstrahl; und kann ein Brunnenstrahl erlöst werden, außer durch Zauberei oder ein Wunder, und aus seinem sich selbst tragenden, schwankenden Dasein ganz heraustreten? Man mochte das Weib umarmen und plötzlich gegen den Schlag eines magischen Widerstands stoßen; es geschah nicht so; aber ist Zärtlichkeit nicht noch unheimlicher? Sie sah ihn an, der leise eingetreten war, wie man einen Mantel wiedererkennt, den man lang an sich getragen und lang nicht mehr gesehen hat, der etwas fremd bleibt und in den man hineinschlüpft.

Traulich erschienen ihm dagegen Kriegslist, politische Lüge, Zorn und Töten! Tat geschieht, weil andre Tat geschehn ist; der Bischof rechnet mit seinen Goldstücken, und der Feldhauptmann mit der Widerstandskraft des Adels; Befehlen ist klar; taghell, dingfest ist dieses Leben, der Stoß eines Speers unter den verschobenen Eisenkragen ist so einfach, wie wenn man mit dem Finger weist und sagen kann, das ist dies. Das andre aber ist fremd wie der Mond. Der Herr von Ketten liebte dieses andere heimlich. Er hatte keine Freude an Ordnung, Hausstand und wachsendem Reichtum. Und ob er gleich um fremdes Gut jahrelang stritt, sein Begehren griff nicht nach Frieden des Gewinns, sondern sehnte sich aus der Seele hinaus; in den Stirnen saß die Gewalt der Catene, bloß kamen stumme Taten aus den Stirnen. Wenn er morgens in den Sattel stieg, fühlte er jedesmal noch das Glück, nicht nachzugeben, die Seele seiner Seele; aber wenn er abends absaß, senkte sich nicht selten der mürrische Stumpfsinn alles durchlebten Übermaßes auf ihn, als hätte er einen Tag lang alle seine Kräfte angestrengt, um nicht ohne alle Anstrengung etwas Schönes zu sein, das er nicht nennen konnte.

Der Bischof, der Schleicher, konnte zu Gott beten, wenn Ketten ihn bedrängte; Ketten konnte nur über blühende Saaten reiten, die widerspenstige Woge des Pferds unter sich leben fühlen, Freundlichkeit mit Eisentritten herbeizaubern. Aber es tat ihm wohl, daß es dies gab. Daß man leben kann und sterben machen ohne das andre. Es leugnete und vertrieb etwas, das sich zum Feuer schlich, wenn man hineinstarrte, und fort war, so wie man sich, steif vomTräumen, aufrichtete und herumdrehte. Der Herr von Ketten spann zuweilen lange verschlungene Fäden, wenn er an den Bischof dachte, dem er das alles antat, und ihm war, als könnte nur ein Wunder es ordnen.

Seine Frau nahm den alten Knecht, welcher der Burg vorstand, und streifte mit ihm durch die Wälder, wenn sie nicht vor den Bildern in ihren Büchern saß. Wald öffnet sich, aber seine Seele weicht zurück; sie brach durch Holz, kletterte über Steine, sah Fährten und Tiere, aber sie brachte nicht mehr heim als diese kleinen Schrecknisse, überwundenen Schwierigkeiten und befriedigten Neugierden, die alle Spannung verloren, wenn man sie aus dem Wald heraustrug, und eben jenes grüne Spiegelbild, das sie schon nach den Erzählungen gekannt hatte, bevor sie ins Land gekommen war; sobald man nicht darauf eindrang, schloß es sich hinter dem Rücken wieder zusammen. Lässig gut hielt sie indessen Ordnung am Schloß. Ihre Söhne, von denen keiner das Meer gesehen hatte, waren das ihre Kinder? Junge Wölfe, schien ihr zuweilen, waren es. Einmal brachte man ihr einen jungen Wolf aus dem Wald. Auch ihn zog sie auf. Zwischen ihm und den großen Hunden herrschte unbehagliche Duldung, Gewährenlassen ohne Austausch von Zeichen. Wenn er über den Hof ging, standen sie auf und sahn zu ihm herüber, aber sie bellten und knurrten nicht. Und er sah gradaus, wenn er auch hinüberschielte, und ging kaum ein wenig langsamer und steifer seines Wegs, um es sich nicht merken zu lassen. Er folgte überallhin der Herrin; ohne Zeichen der Liebe und der Vertrautheit; er sah sie mit seinen starken Augen oft an, aber sie sagten nichts. Sie liebte diesen Wolf, weil seine Sehnen, sein braunes Haar, die schweigende Wildheit und die Kraft der Augen sie an den Herrn von Ketten erinnerten.

Einmal kam der Augenblick, auf den man warten muß; der Bischof fiel in Krankheit und starb, das Kapitel war ohne Herrn. Ketten verkaufte, was beweglich war, nahm Pfänder auf liegenden Besitz und rüstete aus allen Mitteln ein kleines, ihm eigenes Heer: dann unterhandelte er. Vor die Wahl gestellt, den alten Streit gegen neu bewaffnete Kraft weiterführen zu müssen, ehe noch der kommende Herr sich entscheiden konnte, oder einen billigen Abschluß zu finden, entschied sich das Kapitel für dieses, und es konnte nicht anders geschehn, als daß der Ketten, der als Letzter stark und drohend dastand, das meiste für sich einstrich, wofür sich das Domkapitel an Schwächeren und Zaghafteren schadlos hielt.

So hatte ein Ende gefunden, was nun schon in der vierten Erbfolge wie eine Zimmerwand gewesen war, die man jeden Morgen beim Frühbrot vor sich sieht und nicht sieht: mit einem Mal fehlte sie; bis hieher war alles gewesen wie im Leben aller Ketten, was noch zu tun blieb im Leben dieses Ketten, war runden und ordnen, ein Handwerker – und kein Herrenziel.

Da stach ihn, als er heimritt, eine Fliege.

Die Hand schwoll augenblicklich an, und er wurde sehr müde. Er kehrte in die Schenke eines elenden kleinen Dorfes ein, und während er hinter dem schmierigen Holztisch saß, überwältigte ihn Schlummer. Er legte sein Haupt in den Schmutz und als er gegen Abend erwachte, fieberte er. Er wäre trotzdem weitergeritten, wenn er Eile gehabt hätte; aber er hatte keine Eile. Als er am Morgen aufs Pferd steigen wollte, fiel er hin vor Schwäche. Arm und Schulter waren aufgequollen, er hatte sie in den Harnisch gepreßt und mußte sich wieder aufschnallen lassen; während er stand und es geschehen ließ, befiel ihn ein Schüttelfrost, wie er solchen noch nie gesehen; seine Muskeln zuckten und tanzten so, daß er die eine Hand nicht zur andern bringen konnte, und die halb aufgeschnallten Eisenteile klapperten wie eine losgerissene Dachrinne im Sturm. Er fühlte, daß das schwankhaft war, und lachte mit grimmigem Kopf über sein Geklapper; aber in den Beinen war er schwach wie ein Knabe. Er schickte einen Boten zu seiner Frau, andere nach einem Bader und zu einem berühmten Arzt.

Der Bader, der als erster zur Stelle war, verordnete heiße Umschläge von Heilkräutern und bat, schneiden zu dürfen. Ketten, der jetzt viel ungeduldiger war, nach Hause zu kommen, hieß ihn schneiden, bis er bald halb so viel neue Wunden davontrug, als er alte hatte. Seltsam waren diese Schmerzen, gegen die er sich nicht wehren durfte. Dann lag der Herr zwei Tage lang in den saugenden Kräuterverbänden, ließ sich vom Kopf bis zu den Füßen einwickeln und nach Hause schaffen; drei Tage dauerte dieser Marsch, aber die Gewaltkur, die ebensogut hätte zum Tod führen können, indem sie alle Verteidigungskräfte des Lebens verbrauchte, schien der Krankheit Einhalt getan zu haben: als sie am Ziel eintrafen, lag der Vergiftete in hitzigem Fieber, aber der Eiter hatte sich nicht mehr weiter ausgebreitet.

Dieses Fieber, wie eine weite brennende Grasfläche, dauerte Wochen. Der Kranke schmolz in seinem Feuer täglich mehr zusammen, aber auch die bösen Säfte schienen darin verzehrt und verdampft zu werden. Mehr wußte selbst der berühmte Arzt davon nicht zu sagen, und nur die Portugiesin brachte außerdem noch geheime Zeichen an Tür und Bett an. Als eines Tags vom Herrn von Ketten nicht mehr übrig war als eine Form voll weicher heißer Asche, sank plötzlich das Fieber um eine tiefe Stufe hinunter und glomm dort bloß noch sanft und ruhig.

Waren schon Schmerzen seltsam, gegen die man sich nicht wehrt, so hatte der Kranke das Spätere überhaupt nicht so durchlebt wie einer, der mitten darin ist. Er schlief viel und war auch mit offenen Augen abwesend; wenn aber sein Bewußtsein zurückkehrte, so war doch dieser willenlose, kindlich warme und ohnmächtige Körper nicht seiner, und diese von einem Hauch erregte schwache Seele seine auch nicht. Gewiß war er schon abgeschieden und wartete während dieser ganzen Zeit bloß irgendwo darauf, ob er noch einmal zurückkehren müsse. Er hatte nie gewußt, daß Sterben so friedlich sei; er war mit einem Teil seines Wesens vorangestorben und hatte sich aufgelöst wie ein Zug

Wanderer: Während die Knochen noch im Bett lagen, und das Bett da war, seine Frau sich über ihn beugte, und er, aus Neugierde, zur Abwechslung, die Bewegungen in ihrem aufmerksamen Gesicht beobachtete, war alles, was er liebte, schon weit voran. Der Herr von Ketten und dessen mondnächtige Zauberin waren aus ihm herausgetreten und hatten sich sacht entfernt: er sah sie noch, er wußte, mit einigen großen Sprüngen würde er sie danach einholen, nur jetzt wußte er nicht, war er schon bei ihnen oder noch hier. Das alles aber lag in einer riesigen gütigen Hand, die so mild war wie eine Wiege und zugleich alles abwog, ohne aus der Entscheidung viel Wesens zu machen. Das mochte Gott sein. Er zweifelte nicht, es erregte ihn aber auch nicht; er wartete ab und antwortete auch nicht auf das Lächeln, das sich über ihn beugte, und die zärtlichen Worte.

Dann kam der Tag, wo er mit einemmal wußte, daß es der letzte sein würde, wenn er nicht allen Willen zusammennahm, um leben zu bleiben, und das war der Tag, an dessen Abend das Fieber sank. Als er diese erste Stufe der Gesundung unter sich fühlte, ließ er sich täglich auf den kleinen grünen Fleck tragen, der die Felsnase überzog, die mauerlos in die Luft sprang. In seine Tücher gewickelt, lag er dort in der Sonne. Schlief, wachte, wußte nicht, was von beidem er tat.

Einmal, als er aufwachte, stand der Wolf da. Er blickte ihm in die geschliffenen Augen und konnte sich nicht rühren. Er wußte nicht, wieviel Zeit verging, dann stand seine Frau neben ihm, den Wolf am Knie. Er schloß wieder die Augen, als wäre er gar nicht wach gewesen. Aber da er wieder in sein Bett getragen wurde, ließ er sich die Armbrust reichen. Er war so schwach, daß er sie nicht spannen konnte; er staunte. Er winkte den Knecht heran, gab ihm die Armbrust und befahl: der Wolf. Der Knecht zögerte, aber er wurde zornig wie ein Kind, und am Abend hing das Fell des Wolfes im Burghof. Als die Portugiesin es sah, und erst von den Knechten erfuhr, was geschehen war, blieb ihr das Blut in den Adern stehn. Sie trat an sein Bett. Da lag er bleich wie die Wand und sah ihr zum erstenmal wieder in die Augen. Sie lachte und sagte: Ich werde mir eine Haube aus dem Fell machen lassen und dir nachts das Blut aussaugen.

Dann schickte er den Kleriker weg, der früher einmal gesagt hatte: der Bischof kann zu Gott beten, das ist gefährlich für Euch, und später ihm immerzu die letzte Ölung gegeben hatte; aber das gelang nicht gleich, die Portugiesin legte sich ins Mittel und bat, den Kaplan noch zu dulden, bis er ein anderes Unterkommen fände. Der Herr von Ketten gab nach. Er war noch schwach und schlief noch immer viel auf dem Grasfleck in der Sonne. Als er wieder einmal dort erwachte, war der Jugendfreund da. Er stand neben der Portugiesin und war aus ihrer Heimat gekommen; hier im Norden sah er ihr ähnlich. Er grüßte mit edlem Anstand und sprach Worte, die nach dem Ausdruck seiner Mienen voll großer Liebenswürdigkeit sein mußten, indes der Ketten wie ein Hund im Gras lag und sich schämte.

Überdies mochte das auch erst beim zweitenmal gewesen sein; er war noch manchmal abwesend. Er bemerkte auch spät erst, daß ihm seine Mütze zu groß geworden war. Die weiche Fellmütze, die immer etwas stramm gesessen hatte, sank bei einem leichten Zug bis ans Ohr herunter, das sie aufhielt. Sie waren selbdritt, und seine Frau sagte: "Gott, dein Kopf ist ja kleiner geworden!" – Sein erster Gedanke war, daß er sich vielleicht habe die Haare zu kurz scheren lassen, er wußte bloß im Augenblick nicht, wann; er fuhr heimlich mit der Hand hin, aber das Haar war länger, als es sein sollte, und ungepflegt, seit er krank war. So wird sich die Kappe geweitet haben, dachte er, aber sie war noch fast neu und wie sollte sie sich geweitet haben, während sie unbenutzt in einer Truhe lag. So machte er einen Scherz daraus und meinte, daß wohl in vielen Jahren, wo er nur mit Kriegsknechten gelebt habe und nicht mit gebildeten Kavalieren, sein Schädel kleiner geworden sein möge. Er fühlte, wie plump ihm der Scherz vom Munde kam, und auch die Frage war damit nicht weggeschafft, denn kann ein Schädel kleiner werden? Die Kraft in den Adern kann nachlassen, das Fett unter der Kopfhaut kann im Fieber etwas zusammenschmelzen: aber was gibt das aus?! Nun tat er zuweilen, als ob er sich das Haar glatt striche, schützte auch vor, sich den Schweiß zu trocknen, oder trachtete, sich unbemerkt in den Schatten zurückzubeugen, und griff schnell, mit zwei Fingerspitzen wie mit einem Maurerzirkel, seinen Schädel ab, ein paarmal, mit verschiedenen Griffen: aber es blieb kein Zweifel, der Kopf war kleiner geworden, und wenn man ihn von innen, mit den Gedanken befühlte, so war er noch viel kleiner und wie zwei dünne aufeinandergeklappte Schälchen.

Man kann ja vieles nicht erklären, aber man trägt es nicht auf den Schultern und fühlt es nicht jedesmal, wenn man den Hals nach zwei Menschen wendet, die sprechen, während man zu schlafen scheint. Er hatte die fremde Sprache schon lang bis auf wenige Worte vergessen; aber einmal verstand er den Satz: "Du tust das nicht, was du willst, und tust das, was du nicht willst." Der Ton schien eher zu drängen als zu scherzen; was mochte er meinen? Ein andermal beugte er sich weit aus dem Fenster hinaus, ins Rauschen des Flusses; er tat das jetzt oft wie ein Spiel: der Lärm, so wirr wie durcheinandergefegtes Heu, schloß das Ohr, und wenn man aus der Taubheit zurückkehrte, tauchte klein darin und fern das Gespräch der Frau mit dem Andern auf; und es war ein lebhaftes Gespräch, ihre Seelen schienen sich wohl miteinander zu fühlen. Das drittemal lief er überhaupt nur den beiden nach, die abends noch in den Hof gingen; wenn sie an der Fackel oben auf der Freitreppe vorbeikamen, mußte ihr Schatten auf die Baumkronen fallen; er beugte sich rasch vor, als dies geschah, aber in den Blättern verschwammen die Schatten von selbst in einen. Zu jeder andren Zeit hätte er versucht, mit Pferd und Knechten sich das Gift aus dem Leib zu jagen oder es im Wein zu verbrennen. Aber der Kaplan und der Schreiber fraßen und tranken so, daß ihnen Wein und Speise bei den Mundwinkeln herausliefen, und der junge Ritter schwang ihnen lachend die Kanne zu, wie man Hunde aufeinanderhetzt. Der Wein ekelte Ketten, den die mit scholastischer Tünche überzogenen Lümmel soffen. Sie sprachen vom tausendjährigen Reich, von Doktorsfragen und Bettstrohgeschichten; deutsch und in Kirchenlatein. Ein durchreisender Humanist übersetzte, wo es fehlte, zwischen diesem Welsch und dem des Portugiesen; er hatte sich den

Fuß verstaucht und heilte ihn hier kräftig aus. "Er ist vom Pferd gefallen, als ein Hase vorbeisprang," gab der Schreiber zum besten. "Er hielt ihn für einen Lindwurm," sagte mit unwilligem Spott der Herr von Ketten, der zögernd dabeistand. "Aber das Pferd doch auch!" brüllte der Burgkaplan, "sonst wäre es nicht so gesprungen: Also hat der Magister selbst für einen Roß verstand mehr Einsicht als der Herr!" Die Trunkenen lachten über den Herrn von Ketten. Der sah sie an, trat einen Schritt näher und schlug den Kaplan ins Gesicht. Das war ein runder junger Bauer, er wurde rot über den Kopf, aber dann ganz bleich, und blieb sitzen. Der junge Ritter stand lächelnd auf und ging die Freundin suchen. "Warum habt Ihr ihn nicht erdolcht?!" zischte der Hasen-Humanist auf, als sie allein waren. "Er ist ja stark wie zwei Stiere," antwortete der Kaplan, "und auch ist die christliche Lehre wahrhaft geeignet, um in solchen Lagen Trost zu geben." Aber in Wahrheit war der Herr von Ketten noch sehr schwach, und allzu langsam kehrte das Leben in ihn wieder; er konnte die zweite Stufe der Genesung nicht finden.

Der Fremde reiste nicht weiter, und seine Gespielin verstand schlecht die Andeutungen ihres Herrn. Seit elf Jahren hatte sie auf den Gatten gewartet, elf Jahre lang war er der Geliebte des Ruhms und der Phantasie gewesen, nun ging er in Haus und Hof umher und sah, von Krankheit zerschabt, recht gewöhnlich aus neben Jugend und höfischem Anstand. Sie machte sich nicht viel Gedanken darüber, aber sie war ein wenig müde dieses Lands geworden, das Unsagbares versprochen hatte, und mochte sich nicht überwinden, schon wegen eines schiefen Gesichts den Gespielen ziehen zu lassen, der den Duft der Heimat hatte und Gedanken, bei denen man lachen konnte. Sie hatte sich nichts vorzuwerfen; ein wenig oberflächlicher war sie seit Wochen, aber das tat wohl, und sie fühlte, ihr Antlitz glänzte jetzt manchmal wieder so wie vor Jahren. Eine Wahrsagerin, die er befragte, sagte dem Herrn von Ketten voraus: Ihr werdet nur gesund, wenn Ihr etwas vollbringt –, aber da er in siedrang, was das wäre, schwieg sie, suchte ihm zu entkommen und erklärte schließlich, daß sie es nicht finden könne.

Er hätte es immer verstanden, die Gastfreundschaft mit feinem Schnitt zu lösen, statt sie zu brechen, auch ist die Heiligkeit des Lebens und des Gastrechts für einen, der durch Jahre ungebetner Gast bei seinen Feinden war, kein unübersteigliches Hindernis, aber die Schwäche der Genesung machte ihn diesmal fast stolz darauf, unbeholfen zu sein; solche arglistige Klugheit erschien ihm nicht besser als die kindische Wortklugheit des Jungen. Seltsames widerfuhr ihm. In den Nebeln der Krankheit, die ihn umfangen hielten, erschien ihm die Gestalt seiner Frau weicher, als es hätte sein müssen; sie erschien ihm nicht anders als früher, wenn es ihn gewundert hatte, ihre Liebe zuweilen heftiger wiederzufinden als sonst, während doch in der Abwesenheit keine Ursache lag. Er hätte nicht einmal sagen können, ob er heiter oder traurig war; genau so wie in jenen Tagen der tiefen Todesnähe. Er konnte sich nicht rühren. Wenn er seiner Frau in die Augen sah, waren sie wie frisch geschliffen, sein eignes Bild lag obenauf, und sie ließen seinen Blick nicht ein. Ihm war zu Mut, es müßte ein Wunder geschehn, weil sonst nichts geschah, und man darf das Schicksal nicht reden heißen, wenn es schweigen will, sondern soll horchen, was kommen wird.

Eines Tags, als sie in Gesellschaft den Berg heraufkamen, war oben vor dem Tor die kleine Katze. Sie stand vor dem Tor, als wollte sie nicht nach Katzenart über die Mauer setzen, sondern nach Menschenart Einlaß, machte einen Buckel zum Willkomm und strich den ohne irgend einen Grund über ihre Anwesenheit erstaunten großen Geschöpfen um Rock und Stiefel. Sie wurde eingelassen, aber es war gleich, als ob man einen Gast empfinge, und schon am nächsten Tag zeigte sich, daß man vielleicht ein kleines Kind aufgenommen hatte, aber nicht bloß eine Katze: solche Ansprüche stellte das zierliche Tier, das nicht den Vergnügungen in Kellern und Dachböden nachging, sondern keinen Augenblick aus der Gesellschaft der Menschen wich. Und es hatte die Gabe, ihre Zeit für sich zu beanspruchen, was recht unbegreiflich war, da es doch so viel andre, edlere Tiere am Schloß gab, und die Menschen auch mit sich selbst viel zu tun hatten; es schien geradezu davon zu kommen, daß sie die Augen zu Boden senken mußten, um dem kleinen Wesen zuzusehn, das sich ganz unauffällig benahm und um ein klein wenig stiller, ja man könnte fast sagen trauriger und nachdenklicher war, als einer jungen Katze zukam. Die spielte so, wie sie wissen mußte, daß Menschen es von jungen Katzen erwarten, kletterte auf den Schoß und gab sich sogar ersichtlich Mühe, freundlich mit den Menschen zu sein, aber man konnte fühlen, daß sie nicht ganz dabei war; und gerade dies, was zu einer gewöhnlichen jungen Katze fehlte, war wie ein zweites Wesen, ein Ab-Wesen oder ein stiller Heiligenschein, der sie umgab, ohne daß einer den Mut gefunden hätte, das auszusprechen. Die Portugiesin beugte sich zärtlich über das Geschöpfchen, das in ihrem Schoß am Rücken lag und mit den winzigen Krallen nach ihren tändelnden Fingern schlug wie ein Kind, der junge Freund beugte sich lachend und tief über Katze und Schoß, und Herrn von Ketten erinnerte das zerstreute Spiel an seine halb überwundene Krankheit, als wäre die, samt ihrer Todessanftheit, in das Tierkörperchen verwandelt, nun nicht mehr bloß in ihm, sondern zwischen ihnen. Ein Knecht sagte: Die bekommt die Räude.

Herr von Ketten wunderte sich, weil er das nicht selbst erkannt hatte; der Knecht wiederholte: Die muß man beizeiten erschlagen.

Die kleine Katze hatte inzwischen einen Namen aus einem der Märchenbücher erhalten. Sie war noch sanfter und duldsamer geworden. Jetzt konnte man auch schon bemerken, daß sie krank und fast leuchtend schwach wurde. Sie ruhte immer länger aus im Schoß von den Geschäften der Welt, und ihre kleinen Krallen hielten sich mit zärtlicher Angst fest. Sie begann jetzt auch einen um den andren anzusehn; den beiden Ketten und den jungen Portugiesen, der vorgeneigt saß und den Blick von ihr nicht wendete, oder von dem Atmen des Schoßes, in dem sie lag. Sie sah sie an, als wollte sie um Vergebung dafür bitten, daß es häßlich sein werde, was sie in geheimer Vertretung für alle litt. Und dann begann ihr Martyrium.

Eines Nachts begann das Erbrechen, und sie erbrach bis zum Morgen; sie war ganz matt und wirr im wiederkehrenden Tageslicht, als hätte sie viele Schläge vor den Kopf erhalten. Aber vielleicht hatte man dem verhungerten armen Kätzchen bloß im Übereifer der Liebe zuviel zu fressen gegeben: doch im Schlafzimmer konnte sie danach nicht mehr bleiben und wurde zu den Burschen in die Hofkammer getan. Aber die Burschen klagten nach zwei Tagen, daß es nicht besser geworden sei, und wahrscheinlich hatten sie sieauch in der Nacht hinausgeworfen. Und sie brach jetzt nicht nur, sondern konnte auch den Stuhl nicht halten, und nichts war vor ihr sicher. Das war nun eine schwere Probe, zwischen einem kaum sichtbaren Heiligenschein und dem gräßlichen Schmutz, und es entstand der Beschluß – man hatte inzwischen erfahren, woher sie gekommen war, – sie dorthin zurücktragen zu lassen; es war ein Bauernhaus unten am Fluß, nahe dem Fuß des Berges. Man würde heute sagen, sie stellten sie ihrer Heimatsgemeinde zurück und wollten weder etwas verantworten, noch sich lächerlich machen; aber das Gewissen drückte sie alle, und sie gaben Milch und ein wenig Fleisch mit und sogar Geld, damit die Bauersleute, wo Schmutz nicht soviel ausmachte, gut für sie sorgten. Die Dienstleute schüttelten dennoch die Köpfe über ihre Herrn.

Der Knecht, der die kleine Katze hinuntergetragen hatte, erzählte, daß sie ihm nachgelaufen war, als er zurückging, und daß er noch einmal hatte umkehren müssen: zwei Tage später war sie wieder oben am Schloß. Die Hunde wichen ihr aus, die Dienstleute trauten sich wegen der Herrschaft nicht, sie fortzujagen, und als die sie erblickte, stand schweigend fest, daß jetzt niemand mehr ihr verweigern wollte, hier oben zu sterben. Sie war ganz abgemagert und glanzlos geworden, aber das ekelerregende Leiden schien sie überwunden zu haben und nahm bloß fast zusehends an Körperlichkeit ab. Es folgten zwei Tage, die verstärkt alles noch einmal enthielten, was bisher gewesen war: langsames, zärtliches Umhergehn in dem Obdach, wo man sie hegte; zerstreutes Lächeln mit den Pfoten, wenn sie nach einem Stückchen Papier schlug, das man vor ihr tanzen ließ; zuweilen ein leichtes Wanken vor Schwäche, obgleich vier Beine sie stützten, und am zweiten Tag fiel sie zuweilen auf die Seite. An einem Menschen würde man dieses Hinschwinden nicht so seltsam empfunden haben, aber an dem Tier war es wie eine Menschwerdung. Fast mit Ehrfurcht sahen sie ihr zu; keiner dieser drei Menschen in seiner besonderen Lage blieb von dem Gedanken verschont, daß es sein eigenes Schicksal sei, das in diese vom Irdischen schon halb gelöste kleine Katze übergegangen war. Aber am dritten Tag begannen wieder das Erbrechen und die Unreinlichkeit. Der Knecht stand da, und wenn er sich auch nicht traute, es zu wiederholen, sagte doch sein Schweigen: man muß sie erschlagen. Der Portugiese senkte den Kopf wie bei einer Versuchung, dann sagte er zur Freundin: es wird nicht anders gehn; ihm kam es selbst vor, als hätte er sich zu seinem eigenen Todesurteil bekannt. Und mit einemmal sahen alle den Herrn von Ketten an. Der war weiß wie die Wand geworden, stand auf und ging. Da sagte die Portugiesin zum Knecht: Nimm sie zu dir.

Der Knecht hatte die Kranke auf seine Kammer genommen, und am nächsten Tag war sie fort. Niemand frug. Alle wußten, daß er sie erschlagen hatte. Alle fühlten sich von einer unaussprechlichen Schuld bedrückt; es war etwas von ihnen gegangen. Nur die Kinder fühlten nichts und fanden es in Ordnung, daß der Knecht eine schmutzige Katze erschlug, mit der man nicht mehr spielen konnte. Aber die Hunde am Hof schnupperten zuweilen an einem Grasfleck, auf den die Sonne schien, steiften die Beine, sträubten das Fell und blickten schief zur Seite. In einem solchen Augenblick begegneten sich Herr von Ketten und die Portugiesin. Sie blieben beieinander stehn, sahn nach den Hunden hinüber und fanden kein Wort. Das Zeichen war dagewesen, aber wie war es zu deuten, und was sollte geschehn? Eine Kuppel von Stille war um die beiden.

Wenn sie ihn bis zum Abend nicht fortgeschickt hat, muß ich ihn töten, – dachte Herr von Ketten. Aber der Abend kam, und es hatte sich nichts ereignet. Das Vesperbrot war vorbei. Ketten saß ernst, von leichtem Fieber gewärmt. Er ging in den Hof, sich zu kühlen, er blieb lange aus. Er vermochte den Entschluß nicht zu finden, der ihm sein ganzes Dasein lang spielend leicht gewesen war. Pferde satteln, Harnisch anschnallen, ein Schwert ziehn, diese Musik seines Lebens war ihm mißtönend; Kampf erschien ihm wie eine sinnlos fremde Bewegung, selbst der kurze Weg eines Messers war wie eine unendlich lange Straße, auf der man verdorrt. Aber auch Leiden war nicht seine Art; er fühlte, daß er nie wieder ganz genesen würde, wenn er sich dem nicht entriß. Und neben beidem gewann allmählich etwas anderes Raum: als Knabe hatte er immer die unersteigliche Felswand unter dem Schloß hinaufklettern wollen; es war ein unsinniger und selbstmörderischer Gedanke, aber er gewann dunkles Gefühl für sich wie ein Gottesurteil oder ein nahendes Wunder. Nicht er, sondern die kleine Katze aus dem Jenseits würde diesen Weg wiederkommen, schien ihm. Er schüttelte leise lachend den Kopf, um ihn auf den Schultern zu fühlen, aber dabei erkannte er sich schon weit unten auf dem steinigen Weg, der den Berg hinabführte.

Tief beim Fluß bog er ab; über Blöcke, zwischen denen das Wasser trieb, dann an Büschen hinauf in die Wand. Der Mond zeichnete mit Schattenpunkten die kleinen Vertiefungen, in welche Finger und Zehen hineingreifen konnten. Plötzlich brach ein Stein unter dem Fuß weg; der Ruck schoß in die Sehnen, dann ins Herz. Ketten horchte; es schien ohne Ende zu dauern, bevor der Stein ins Wasser schlug; er mußte mindestens ein Drittel der Wand schon unter sich haben. Da wachte er, so schien es deutlich, auf und wußte, was er getan hatte. Unten ankommen konnte nur ein Toter, und die Wand hinauf der Teufel. Er tastete suchend über sich. Bei jedem Griff hing das Leben in den zehn Riemchen der Fingersehnen; Schweiß trat aus der Stirn, Hitze flog im Körper, die Nerven wurden wie steinerne Fäden: aber, seltsam zu fühlen, begannen bei diesem Kampf mit dem Tod Kraft und Gesundheit in die Glieder zu fließen, als kehrten sie von außen wieder in den Körper zurück. Und das Unwahrscheinliche gelang; noch mußte oben einem Überhang nach der Seite ausgewichen sein, dann schlang sich der Arm in ein Fenster. Es wäre wohl anders, als bei diesem Fenster emporzutauchen, auch gar nicht möglich gewesen; aber er wußte, wo er war; er schwang sich hinein, saß auf der Brüstung und ließ die Beine ins Zimmer hängen. Mit der Kraft war die Wildheit wiedergekehrt. Er atmete sich aus. Seinen Dolch an der Seite hatte er nicht verloren. Es kam ihm vor, daß das Bett leer sei. Aber er wartete, bis sein Herz und seine Lungen völlig ruhig seien. Es kam ihm dabei immer deutlicher vor, daß er in dem Zimmer allein war. Er schlich zum Bett: es hatte in dieser Nacht niemand darin gelegen.

Der Herr von Ketten schlich durch Zimmer, Gänge, Türen, die keiner zum erstenmal findet, der nicht geführt ist, vor das Schlafgemach seiner Frau. Er lauschte und wartete, aber kein Flüstern verriet sich. Er glitt hinein; die Portugiesin atmete sanft im Schlaf; er bückte sich in dunkle Ecken, tastete an Wänden, und als er sich wieder aus dem Zimmer drückte, hätte er beinahe gesungen vor Freude, die an seinem Unglauben rüttelte. Er stöberte durch das Schloß, aber schon krachten die Dielen und Fliesen unter seinem Tritt, als suchte er eine freudige Überraschung. Im Hof rief ihn ein Knecht an, wer er sei. Er fragte nach dem Gast. Fortgeritten, meldete der Knecht, wie der Mond heraufkam. Der Herr von Ketten setzte sich auf einen Stapel halbentrindeter Hölzer, und die Wache wunderte sich, wie lang er saß. Plötzlich packte ihn die Gewißheit an, wenn er jetzt das Zimmer der Portugiesin wieder betrete, werde sie nicht mehr da sein. Er pochte heftig und trat ein; die junge Frau fuhr auf, als hätte sie im Traum darauf gewartet, und sah ihn angekleidet vor sich stehn, so wie er fortgegangen war. Es war nichts bewiesen und nichts weggeschafft, aber sie fragte nicht, und er hätte nichts fragen können. Er zog den schweren Vorhang vom Fenster zurück, und der Vorhang des Brausens stieg auf, hinter dem alle Catene geboren wurden und starben.

"Wenn Gott Mensch werden konnte, kann er auch Katze werden," sagte die Portugiesin, und er hätte ihr die Hand vor den Mund halten müssen, wegen der Gotteslästerung, aber sie wußten, kein Laut davon drang aus diesen Mauern hinaus.

Grigia

Es gibt im Leben eine Zeit, wo es sich auffallend verlangsamt, als zögerte es weiterzugehn oder wollte seine Richtung ändern. Es mag sein, daß einem in dieser Zeit leichter ein Unglück zustößt.

Homo besaß einen kranken kleinen Sohn; das zog durch ein Jahr, ohne besser zu werden und ohne gefährlich zu sein, der Arzt verlangte einen langen Kuraufenthalt, und Homo konnte sich nicht entschließen, mitzureisen. Es kam ihm vor, als würde er dadurch zu lange von sich getrennt, von seinen Büchern, Plänen und seinem Leben. Er empfand seinen Widerstand als eine große Selbstsucht, es war aber vielleicht eher eine Selbstauflösung, denn er war zuvor nie auch nur einen Tag lang von seiner Frau geschieden gewesen; er hatte sie sehr geliebt und liebte sie noch sehr, aber diese Liebe war durch das Kind trennbar geworden, wie ein Stein, in den Wasser gesickert ist, das ihn immer weiter auseinander treibt. Homo staunte sehr über diese neue Eigenschaft der Trennbarkeit, ohne daß mit seinem Wissen und Willen je etwas von seiner Liebe abhanden gekommen wäre, und so lang die Zeit der vorbereitenden Beschäftigung mit der Abreise war, wollte ihm nicht einfallen, wie er allein den kommenden Sommer verbringen werde. Er empfand bloß einen heftigen Widerwillen gegen Bade- und Gebirgsorte. Er blieb allein zurück und am zweiten Tag erhielt er einen Brief, der ihn einlud, sich an einer Gesellschaft zu beteiligen, welche die alten venezianischen Goldbergwerke im Fersenatal wieder aufschließen wollte. Der Brief war von einem Herrn Mozart Amadeo Hoffingott, den er vor einigen Jahren auf einer Reise kennen gelernt und während weniger Tage zum Freund gehabt hatte.

Trotzdem entstand in ihm nicht der leiseste Zweifel, daß es sich um eine ernste, redliche Sache handle. Er gab zwei Telegramme auf; in dem einen teilte er seiner Frau mit, daß er schon jetzt abreise und ihr seinen

Aufenthalt melden werde, mit dem zweiten nahm er das Angebot an, sich als Geologe und vielleicht auch mit einem größeren Betrag Geldes an den Aufschließungsarbeiten zu beteiligen.

In P., das ein Maulbeer und Wein bauendes, verschlossen reiches italienisches Städtchen ist, traf er mit Hoffingott, einem großen, schönen schwarzen Mann seines eigenen Alters, zusammen, der immer in Bewegung war. Die Gesellschaft verfügte, wie er erfuhr, über gewaltige amerikanische Mittel, und die Arbeit sollte großen Stil haben. Einstweilen ging zur Vorbereitung eine Expedition talein, die aus ihnen beiden und drei Teilhabern bestand, Pferde wurden gekauft, Instrumente erwartet und Hilfskräfte angeworben.

Homo wohnte nicht im Gasthof, sondern, er wußte eigentlich nicht warum, bei einem italienischen Bekannten Hoffingotts. Es gab da drei Dinge, die ihm auffielen. Betten von einer unsagbar kühlen Weichheit in schöner Mahagonischale. Eine Tapete mit einem unsagbar wirren, geschmacklosen, aber durchaus unvollendbaren und fremden Muster. Und ein Schaukelstuhl aus Rohr; wenn man sich in diesem wiegt und die Tapete anschaut, wird der ganze Mensch zu einem auf- und niederwallenden Gewirr von Ranken, die binnen zweier Sekunden aus dem Nichts zu ihrer vollen Größe anwachsen und sich wieder in sich zurückziehen.

In den Straßen war eine Luft, aus Schnee und Süden gemischt. Es war Mitte Mai. Abends waren sie von großen Bogenlampen erhellt, die an quergespannten Seilen so hoch hingen, daß die Straßen darunter wie Schluchten von dunklem Blau lagen, auf deren finstrem Grund man dahingehen mußte, während sich oben im Weltraum weiß zischende Sonnen drehten. Tagsüber sah man auf Weinberg und Wald. Das hatte den Winter rot, gelb und grün überstanden; weil die Bäume das Laub nicht abwarfen, war Welk und Neu durcheinandergeflochten wie in Friedhofskränzen, und kleine rote, blaue und rosa Villen staken, sehr sichtbar noch, wie verschieden gestellte Würfel darin, ein ihnen unbekanntes, eigentümliches Formgesetz empfindungslos vor aller Welt darstellend. Oben aber war der Wald dunkel und der Berg hieß Selvot. Er trug über dem Wald Almböden, die, verschneit, in breitem, gemäßigtem Wellenschlag über die Nachbarberge weg das kleine hart ansteigende Seitental begleiteten, in das die Expedition einrücken sollte. Kamen, um Milch zu liefern und Polenta zu kaufen, Männer von diesen Bergen, so brachten sie manchmal große Drusen Bergkristall oder Amethyst mit, die in vielen Spalten so üppig wachsen sollten wie anderswo Blumen auf der Wiese, und diese unheimlich schönen Märchengebilde verstärkten noch mehr den Eindruck, daß sich unter dem Aussehen dieser Gegend, das so fremd vertraut flackerte wie die Sterne in mancher Nacht, etwas sehnsüchtig Erwartetes verberge. Als sie in das Gebirgstal hineinritten und um sechs UhrSankt Orsola passierten, schlugen bei einer kleinen, eine buschige Bergrinne überquerenden Steinbrücke wenn nicht hundert, so doch sicher zwei Dutzend Nachtigallen; es war heller Tag.

Als sie drinnen waren, befanden sie sich an einem seltsamen Ort. Er hing an der Lehne eines Hügels; der Saumweg, der sie hingeführt hatte, sprang zuletzt förmlich von einem großen platten Stein zum nächsten, und von ihm flossen, den Hang hinab und gewunden wie Bäche, ein paar kurze, steile Gassen in die Wiesen. Stand man am Weg, so hatte man nur vernachlässigte und dürftige Bauernhäuser vor sich, blickte man aber von den Wiesen unten herauf, so meinte man sich in ein vorweltliches Pfahldorf zurückversetzt, denn die Häuser standen mit der Talseite alle auf hohen Balken, und ihre Abtritte schwebten etwas abseits von ihnen wie die Gondeln von Sänften auf vier schlanken baumlangen Stangen über dem Abhang. Auch die Landschaft um dieses Dorf war nicht ohne Sonderbarkeiten. Sie bestand aus einem mehr als halbkreisförmigen Wall hoher, oben von Schroffen durchsetzter Berge, welche steil zu einer Senkung abfielen, die rund um einen in der Mitte stehenden kleineren und bewaldeten Kegel lief, wodurch das Ganze einer leeren gugelhupfförmigen Welt ähnelte, von der ein kleines Stück durch den tief fließenden Bach abgeschnitten worden war, so daß sie dort klaffend gegen die hohe, zugleich mit ihm talwärts streichende andere Flanke seines Ufers lehnte, an welcher das Dorf hing. Es gab ringsum unter dem Schnee Kare mit Knieholz und einigen versprengten Rehen, auf der Waldkuppe in der Mitte balzte schon der Spielhahn, und auf den Wiesen der Sonnenseite blühten die Blumen mit gelben, blauen und weißen Sternen, die so groß waren, als hätte man einen Sack mit Talern ausgeschüttet. Stieg man aber hinter dem Dorf noch etwa hundert Fuß höher, so kam man auf einen ebenen Absatz von nicht allzugroßer Breite, den Äcker, Wiesen, Heuställe und verstreute Häuser bedeckten, während von einer gegen das Tal zu vorspringenden Bastion die kleine Kirche in die Welt hinausblickte, welche an schönen Tagen fern vor dem Tal wie das Meer vor einer Flußmündung lag; man konnte kaum unterscheiden, was noch goldgelbe Ferne des gesegneten Tieflands, war und wo schon die unsicheren Wolkenböden des Himmels begonnen hatten.

Es war ein schönes Leben, das da seinen Anfang nahm. Tagsüber auf den Bergen, bei alten verschütteten Stolleneingängen und neuen Schürfversuchen, oder auf den Wegen das Tal hinaus, wo eine breite Straße gelegt werden sollte; in einer riesigen Luft, die schon sanft und schwanger von der kommenden Schneeschmelze war. Sie schütteten Geld unter die Leute und walteten wie die Götter. Sie beschäftigten alle Welt, Männer und Frauen. Aus den Männern bildeten sie Arbeitspartien und verteilten sie auf die Berge, wo sie wochenüber verbleiben mußten, aus den Weibern formierten sie Trägerkolonnen, welche ihnen Werkzeugersatz und Proviant auf kaum wegsamen Steigen nachschafften. Das steinerne Schulhaus ward in eine Faktorei verwandelt, wo die Waren aufbewahrt und verladen wurden; dort rief eine scharfe Herrenstimme aus den schwatzend wartenden Weibern eins nach dem andern vor, und es wurde der große leere Rückenkorb so lang befrachtet, bis die Knie sich bogen und die Halsadern anschwollen. War solch ein hübsches junges Weib beladen, so hing ihm der Blick bei den Augen heraus und die Lippen blieben offen stehn; es trat in die Reihe, und auf das Zeichen begannen diese stillgewordenen Tiere hintereinander langsam in langen Schlangenwegen ein Bein vor das andre bergan zu setzen. Aber sie trugen köstliche, seltene Last, Brot, Fleisch und Wein, und mit den Eisengeräten mußte man nicht ängstlich umgehn, so daß außer dem Barlohn gar manches Brauchbare für die Wirtschaft abfiel, und darum trugen sie es gerne und dankten noch den Männern, welche den Segen in die Berge gebracht hatten. Und das war ein herrliches Gefühl; man wurde hier nicht, wie sonst überall in der Welt, geprüft, was für ein Mensch man sei, – ob verläßlich, mächtig und zu fürchten oder zierlich und schön, – sondern was immer für ein Mensch man war und wie immer man über die Dinge des Lebens dachte, man fand Liebe, weil man den Segen gebracht hatte; sie lief wie ein Herold voraus, sie war überall wie ein frisches Gastbett bereitet, und der Mensch trug Willkommgeschenke in den Augen. Die Frauen durften das frei ausströmen lassen, aber manchmal, wenn man an einer Wiese vorbeikam, vermochte auch ein alter Bauer dort zu stehn und winkte mit der Sense wie der leibhafte Tod.

Es lebten übrigens merkwürdige Leute in diesem Talende. Ihre Voreltern waren zur Zeit der tridentinischen Bischofsmacht als Bergknappen aus Deutschland gekommen, und sie saßen heute noch eingesprengt wie ein verwitterter deutscher Stein zwischen den Italienern. Die Art ihres alten Lebens hatten sie halb bewahrt und halb vergessen, und was sie davon bewahrt hatten, verstanden sie wohl selbst nicht mehr. Die Wildbäche rissen ihnen im Frühjahr den Boden weg, es gab Häuser, die einst auf einem Hügel und jetzt am Rand eines Abgrunds standen, ohne daß sie etwas dagegen taten, und umgekehrten Wegs spülte ihnen die neue Zeit allerhand ärgsten Unrat in die Häuser. Da gab es billige polierte Schränke, scherzhafte Postkarten und Öldruckbilder, aber manchmal war ein Kochgeschirr da, aus dem schon zur Zeit Martin Luthers gegessen worden sein mochte. Sie waren nämlich Protestanten; aber wenn es wohl auch nichts als dieses zähe Festhalten an ihrem Glauben war, was sie vor der Verwelschung geschützt hatte, so waren sie dennoch keine guten Christen. Da sie arm waren, verließen fast alle Männer kurz nach der Heirat ihre Frauen und gingen für Jahre nach

Amerika; wenn sie zurückkamen, brachten sie ein wenig erspartes Geld mit, die Gewohnheiten der städtischen Bordelle und die Ungläubigkeit, aber nicht den scharfen Geist der Zivilisation.

Homo hörte gleich zu Beginn eine Geschichte erzählen, die ihn ungemein beschäftigte. Es war nicht lange her, mochte so etwa in den letzten fünfzehn Jahren stattgefunden haben, daß ein Bauer, der lange Zeit fortgewesen war, aus Amerika zurückkam und sich wieder zu seiner Frau in die Stube legte. Sie freuten sich einige Zeit, weil sie wieder vereint waren, und ließen es sich gut gehen, bis die letzten Ersparnisse weggeschmolzen waren. Als da die neuen Ersparnisse, die aus Amerika nachkommen sollten, noch immer nicht eingetroffen waren, machte sich der Bauer auf, um – wie es alle Bauern dieser Gegend taten – den Lebensunterhalt draußen durch Hausieren zu gewinnen, während die Frau die uneinträgliche Wirtschaft wieder weiter besorgte. Aber er kehrte nicht mehr zurück. Dagegen traf wenige Tage später auf einem von diesem abgelegenen Hofe der Bauer aus Amerika ein, erzählte seiner Frau auf den Tag genau, wie lange es her sei, verlangte zu essen, was sie damals am Tag des Abschieds gegessen hatten, wußte noch mit der Kuh Bescheid, die längst nicht mehr da war, und fand sich mit den Kindern in einer anständigen Weise zurecht, die ihm ein andrer Himmel beschert hatte als der, den er inzwischen über seinem Kopf getragen hatte. Auch dieser Bauer ging nach einer Weile des Behagens und Wohllebens auf die Wanderschaft mit dem Kram und kehrte nicht mehr zurück. Das ereignete sich in der Gegend noch ein drittes und viertes Mal, bevor man darauf kam, daß es ein Schwindler war, der drüben mit den Männern zusammen gearbeitet und sie ausgefragt hatte. Er wurde irgendwo von den Behörden festgenommen und eingesperrt, und keine sah ihn mehr wieder. Das soll allen leid getan haben, denn jede hätte ihn gern noch ein paar Tage gehabt und ihn mit ihrer Erinnerung verglichen, um sich nicht auslachen lassen zu müssen; denn jede wollte wohl gleich etwas gemerkt haben, das nicht ganz zum Gedächtnis stimmte, aber keine war dessen so sicher gewesen, daß man es hätte darauf ankommen lassen können und dem in seine Rechte wiederkehrenden Mann Schwierigkeiten machen wollte.

So waren diese Weiber. Ihre Beine staken in braunen Wollkitteln mit handbreiten roten, blauen oder orangenen Borten, und die Tücher, die sie am Kopf und gekreuzt über der Brust trugen, waren billiger Kattundruck moderner Fabrikmuster, aber durch irgend etwas in den Farben oder deren Verteilung wiesen sie weit in die Jahrhunderte der Altvordern zurück. Das war viel älter als Bauerntrachten sonst, weil es nur ein Blick war, verspätet, durch all die Zeiten gewandert, trüb und schwach angelangt, aber man fühlte ihn dennoch deutlich auf sich ruhn, wenn man sie ansah. Sie trugen Schuhe, die wie Einbäume aus einem Stück Holz geschnitten waren, und an der Sohle hatten sie wegen der schlechten Wege zwei messerartige Eisenstege, auf denen sie in ihren blauen und braunen Strümpfen gingen wie die Japanerinnen. Wenn sie warten mußten, setzten sie sich nicht auf den Wegrand, sondern auf die flache Erde des Pfads und zogen die Knie hoch wie die Neger. Und wenn sie, was zuweilen geschah, auf ihren Eseln die Berge hinanritten, dann saßen sie nicht auf ihren Röcken, sondern wie Männer und mit unempfindlichen Schenkeln auf den scharfen Holzkanten der Tragsättel, hatten wieder die Beine unziemlich hochgezogen und ließen sich mit einer leise schaukelnden Bewegung des ganzen Oberkörpers tragen.

Sie verfügten aber auch über eine verwirrend freie Freundlichkeit und Liebenswürdigkeit. "Treten Sie bitte ein", sagten sie aufrecht wie die Herzoginnen, wenn man an ihre Bauerntür klopfte, oder wenn man eine Weile mit ihnen stand und im Freien plauderte, konnte plötzlich eine mit der höchsten Höflichkeit und Zurückhaltung fragen: "Darf ich Ihnen nicht den Mantel halten?" Als Doktor Homo einmal einem reizenden vierzehnjährigen Mädel sagte, "Komm ins Heu", – nur so, weil ihm das Heu plötzlich so natürlich erschien wie für Tiere das Futter, – da erschrak dieses Kindergesicht unter dem spitz vorstehenden Kopftuch der Altvordern keineswegs, sondern schnob nur heiter aus Nase und Augen, die Spitzen ihrer kleinen Schuhboote kippten um die Fersen hoch, und mit geschultertem Rechen wäre sie beinahe aufs zurückschnellende Gesäß gefallen, wenn das Ganze nicht bloß ein Ausdruck lieblich ungeschickten Erstaunens über die Begehrlichkeit des Manns hätte sein sollen, wie in der komischen Oper. Ein andermal fragte er eine große Bäurin, die aussah wie eine deutsche Wittib am Theater, "bist Du noch eine Jungfrau, sag?!" und faßte sie am Kinn, – wieder nur so, weil die Scherze doch etwas Mannsgeruch haben sollen; die aber ließ das Kinn ruhig auf seiner Hand ruhn und antwortete ernst: "Ja, natürlich." Homo verlor da fast die Führung; "Du bist noch eine Jungfrau?!" wunderte er sich schnell und lachte. Da kicherte sie mit. "Sag!?" drang er jetzt näher und schüttelte sie spielend am Kinn. Da blies sie ihm ins Gesicht und lachte: "Gewesen!"

"Wenn ich zu Dir komm, was krieg ich?" frug es sich weiter.

"Was Sie wollen."

"Alles, was ich will?"

"Alles."

"Wirklich alles?!"

"Alles! Alles!!" und das war eine so vorzüglich und leidenschaftlich gespielte Leidenschaft, daß diese Theaterechtheit auf sechzehnhundert Meter Höhe ihn sehr verwirrte. Er wurde es nicht mehr los, daß dieses Leben, welches heller und würziger war als jedes Leben zuvor, gar nicht mehr Wirklichkeit, sondern ein in der Luft schwebendes Spiel sei.

Es war inzwischen Sommer geworden. Als er zum erstenmal die Schrift seines kranken Knaben auf einem ankommenden Brief gesehen hatte, war ihm der Schreck des Glücks und heimlichen Besitzes von den Augen bis in die Beine gefahren; daß sie jetzt seinen Aufenthaltsort wußten, erschien ihm wie eine ungeheure Befestigung. Er ist hier, oh, man wußte nun alles, und er brauchte nichts mehr zu erklären. Weiß und violett, grün und braun standen die Wiesen. Er war kein Gespenst. Ein Märchenwald von alten Lärchenstämmen, zartgrün behaarten, stand auf smaragdener Schräge. Unter dem Moos mochten violette und weiße Kristalle leben. Der Bach fiel einmal mitten im Wald über einen Stein so, daß er aussah wie ein großer silberner Steckkamm. Er beantwortete nicht mehr die Briefe seiner Frau. Zwischen den Geheimnissen dieser Natur war das Zusammengehören eines davon. Es gab eine zart scharlachfarbene Blume, es gab diese in keines anderen Mannes Welt, nur in seiner, so hatte es Gott geordnet, ganz als ein Wunder. Es gab eine Stelle am Leib, die wurde versteckt und niemand durfte sie sehn, wenn er nicht sterben sollte, nur einer. Das kam ihm in diesem Augenblick so wundervoll unsinnig und unpraktisch vor, wie es nur eine tiefe Religion sein kann. Und er erkannte jetzt erst, was er getan hatte, indem er sich für diesen Sommer absonderte und von seiner eigenen Strömung treiben ließ, die ihn erfaßt hatte. Er sank zwischen den Bäumen mit den giftgrünen Barten aufs Knie, breitete die Arme aus, was er so noch nie in seinem Leben getan hatte, und ihm war zu Mut, als hätte man ihm in diesem Augenblick sich selbst aus den Armen genommen. Er fühlte die Hand seiner Geliebten in seiner, ihre Stimme im Ohr, alle Stellen seines Körpers waren wie eben erst berührt, er empfand sich selbst wie eine von einem anderen Körper gebildete Form. Aber er hatte sein Leben außer Kraft gesetzt. Sein Herz war demütig vor der Geliebten und arm wie ein Bettler geworden, beinahe strömten ihm Gelübde und Tränen aus der Seele. Dennoch stand es fest, daß er nicht umkehrte, und seltsamerweise war mit seiner Aufregung ein Bild der rings um den Wald blühenden Wiesen verbunden, und trotz der Sehnsucht nach Zukunft das Gefühl, daß er da, zwischen Anemonen, Vergißmeinnicht, Orchideen, Enzian und dem herrlich grünbraunen Sauerampfer, tot liegen werde. Er streckte sich am Moose aus. "Wie Dich hinübernehmen?" fragte sich Homo. Und sein Körper fühlte sich sonderbar müd wie ein starres Gesicht, das von einem Lächeln aufgelöst wird. Da hatte er nun immer gemeint, in der Wirklichkeit zu leben, aber war etwas unwirklicher, als daß ein Mensch für ihn etwas anderes war als alle anderen Menschen? Daß es unter den unzähligen Körpern einen gab, von dem sein inneres Wesen fast ebenso abhing wie von seinem eigenen Körper?

Dessen Hunger und Müdigkeit, Hören und Sehen mit seinem zusammenhing? Als das Kind aufwuchs, wuchs das, wie die Geheimnisse des Bodens in ein Bäumchen, in irdisches Sorgen und Behagen hinein. Er liebte sein Kind, aber wie es sie überleben würde, hatte es noch früher den jenseitigen Teil getötet. Und es wurde ihm plötzlich heiß von einer neuen Gewißheit. Er war kein dem Glauben zugeneigter Mensch, aber in diesem Augenblick war sein Inneres erhellt. Die Gedanken erleuchteten so wenig wie dunstige Kerzen in dieser großen Helle seines Gefühls, es war nur ein herrliches, von Jugend umflossenes Wort: Wiedervereinigung da. Er nahm sie in alle Ewigkeiten immer mit sich, und in dem Augenblick, wo er sich diesem Gedanken hingab, waren die kleinen Entstellungen, welche die Jahre der Geliebten zugefügt hatten, von ihr genommen, es war ewiger erster Tag. Jede weltläufige Betrachtung versank, jede Möglichkeit des Überdrusses und der Untreue, denn niemand wird die Ewigkeit für den Leichtsinn einer Viertelstunde opfern, und er erfuhr zum erstenmal die Liebe ohne allen Zweifel als ein himmlisches Sakrament. Er erkannte die persönliche Vorsehung, welche sein Leben in diese Einsamkeit gelenkt hatte, und fühlte wie einen gar nicht mehr irdischen Schatz, sondern wie eine für ihn bestimmte Zauberwelt den Boden mit Gold und Edelsteinen unter seinen Füßen.

Von diesem Tag an war er von einer Bindung befreit, wie von einem steifen Knie oder einem schweren Rucksack. Der Bindung an das Lebendigseinwollen, dem Grauen vor dem Tode. Es geschah ihm nicht, was er immer kommen geglaubt hatte, wenn man bei voller Kraft sein Ende nahe zu sehen meint, daß man das Leben toller und durstiger genießt, sondern er fühlte sich bloß nicht mehr verstrickt und voll einer herrlichen Leichtheit, die ihn zum Sultan seiner Existenz machte.

Die Bohrungen hatten zwar nicht recht vorwärts geführt, aber es war ein Goldgräberleben, das sie umspann. Ein Bursche hatte Wein gestohlen, das war ein Verbrechen gegen das gemeine Interesse, dessen Bestrafung allgemein auf Billigung rechnen konnte, und man brachte ihn mit gebundenen Händen. Mozart Amadeo Hoffingott ordnete an, daß er zum abschreckenden Beispiel Tag und Nacht lang an einen Baum gebunden stehen sollte. Aber als der Werkführer mit dem Strick kam, ihn zum Spaß eindrucksvoll hin und her schwenkte und ihn zunächst über einen Nagel hing, begann der Junge am ganzen Leib zu zittern, weil er nicht anders dachte, als daß er aufgeknüpft werden solle. Ganz das gleiche geschah, obwohl das schwer zu begründen wäre, wenn Pferde eintrafen, ein Nachschub von außen oder solche, die für einige Tage Pflege herabgeholt worden waren: sie standen dann in Gruppen auf der Wiese oder legten sich nieder, aber sie gruppierten sich immer irgendwie scheinbar regellos in die Tiefe, so daß es nach einem geheim verabredeten ästhetischen Gesetz genau so aussah wie die Erinnerung an die kleinen grünen, blauen und rosa Häuser unter dem Selvot. Wenn sie aber oben waren und die Nacht über in irgend einem Bergkessel angebunden standen, zu je dreien oder vieren an einem umgelegten Baum, und man war um drei Uhr im Mondlicht aufgebrochen und kam jetzt um halb fünf des Morgens vorbei, dann schauten sich alle nach dem um, der vorbeiging, und man fühlte in dem wesenlosen Frühmorgenlicht sich als einen Gedanken in einem sehr langsamen Denken. Da Diebstähle und mancherlei Unsicheres vorkamen, hatte man rings in der Umgebung alle Hunde aufgekauft, um sie zur Bewachung zu benützen. Die Streiftrupps brachten sie in großen Rudeln herbei, zu zweit oder dritt an Stricken geführt ohne Halsband. Das waren nun mit einemmal ebensoviel Hunde wie Menschen am Ort, und man mochte sich fragen, welche von beiden Gruppen sich eigentlich auf dieser Erde als Herr im eigenen Hause fühlen dürfe, und welche nur als angenommener Hausgenosse. Es waren vornehme Jagdhunde darunter, venezianische Bracken, wie man sie in dieser Gegend noch zuweilen hielt, und bissige Hausköter wie böse kleine Affen. Sie standen in Gruppen, die sich, man wußte nicht warum, zusammengefunden hatten und fest zusammenhielten, aber von Zeit zu Zeit fielen sie in jeder Gruppe wütend übereinander her.

Manche waren halbverhungert, manche verweigerten die Nahrung; ein kleiner weißer fuhr dem Koch an die Hand, als er ihm die Schüssel mit Fleisch und Suppe hinstellen wollte, und biß ihm einen Finger ab.

– Um halb vier Uhr des Morgens war es schon ganz hell, aber die Sonne war noch nicht zu sehen. Wenn man da oben am Berg an den Malgen vorbeikam, lagen die Rinder auf den Wiesen in der Nähe halb wach und halb schlafend. In mattweißen steinernen großen Formen lagen sie auf den eingezogenen Beinen, den Körper hinten etwas zur Seite hängend; sie blickten den Vorübergehenden nicht an, noch ihm nach, sondern hielten das Antlitz unbewegt dem erwarteten Licht entgegen, und ihre gleichförmig langsam mahlenden Mäuler schienen zu beten. Man durchschritt ihren Kreis wie den einer dämmrigen erhabenen Existenz, und wenn man von oben zurückblickte, sahen sie wie weiß hingestreute stumme Violinschlüssel aus, die von der Linie des Rückgrats, der Hinterbeine und des Schweifs gebildet wurden. Überhaupt gab es viel Abwechslung. Zum Beispiel, es brach einer ein Bein und zwei Leute trugen ihn auf den Armen vorbei. Oder es wurde plötzlich "Feu... er" gerufen, und alles lief, um sich zu decken, denn für den Wegbau wurde ein großer Stein gesprengt. Ein Regen wischte gerade mit den ersten Strichen naß über das Gras. Unter einem Strauch am andern Bachufer brannte ein Feuer, das man über das neue Ereignis vergessen hatte, während es bis dahin sehr wichtig gewesen war; als einziger Zuseher stand daneben jetzt nur noch eine junge Birke. An diese Birke war mit einem in der Luft hängenden Bein noch das schwarze Schwein gebunden; das Feuer, die Birke und das Schwein sind jetzt allein. Dieses Schwein hatte schon geschrien, als es ein einzelner bloß am Strick führte und ihm gut zusprach, doch weiter zu kommen. Dann schrie es lauter, als es zwei andre Männer erfreut auf sich zurennen sah. Erbärmlich, als es bei den Ohren gepackt und ohne Federlesens vorwärtsgezerrt wurde. Es stemmte sich mit den vier Beinen dagegen, aber der Schmerz in den Ohren zog es in kurzen Sprüngen vorwärts. Am andern Ende der Brücke hatte schon einer nach der Hacke gegriffen und schlug es mit der Schneide gegen die Stirn. Von diesem Augenblick an ging alles viel mehr in Ruhe. Beide Vorderbeine brachen gleichzeitig ein, und das Schweinchen schrie erst wieder, als ihm das Messer schon in der Kehle stak; das war zwar ein gellendes, zuckendes Trompeten, aber es sank gleich zu einem Röcheln zusammen, das nur noch wie ein pathetisches Schnarchen war. Das alles bemerkte Homo zum erstenmal in seinem Leben.

Wenn es Abend geworden war, kamen alle im kleinen Pfarrhof zusammen, wo sie ein Zimmer als Kasino gemietet hatten. Freilich war das Fleisch, das nur zweimal der Woche den langen Weg heraufkam, oft etwas verdorben, und man litt nicht selten an einer mäßigen Fleischvergiftung. Trotzdem kamen alle, sobald es dunkel wurde, mit ihren kleinen Laternen die unsichtbaren Wege dahergestolpert. Denn sie litten noch mehr als an Fleischvergiftung an Traurigkeit und Öde, obgleich es so schön war. Sie spülten es mit Wein aus. Eine Stunde nach Beginn lag in dem Pfarrzimmer eine Wolke von Traurigkeit und Tanz. Das Grammophon räderte hindurch wie ein vergoldeter Blechkarren über eine weiche, von wundervollen Sternen besäte Wiese. Sie sprachen nichts mehr miteinander, sondern sie sprachen. Was hätten sie sich sagen sollen, ein Privatgelehrter, ein Unternehmer, ein ehemaliger Strafanstaltsinspektor, ein Bergingenieur, ein pensionierter Major? Sie sprachen in Zeichen – mochten das trotzdem auch Worte sein: des Unbehagens, des relativen Behagens, der Sehnsucht –, eine Tiersprache. Oft stritten sie unnötig lebhaft über irgendeine Frage, die keinen etwas anging, beleidigten einander sogar, und am nächsten Tag gingen Kartellträger hin und her. Dann stellte sich heraus, daß eigentlich überhaupt niemand anwesend gewesen war. Sie hatten es nur getan, weil sie die Zeit totschlagen mußten, und wenn sie auch keiner von ihnen je wirklich gelebt hatte, kamen sie sich doch roh wie die Schlächter vor und waren gegeneinander erbittert.

Es war die überall gleiche Einheitsmasse von Seele: Europa. Ein so unbestimmtes Unbeschäftigtsein, wie es sonst die Beschäftigung war. Sehnsucht nach Weib, Kind, Behaglichkeit. Und zwischendurch immer von neuem das Grammophon. Rosa, wir fahr'n nach Lodz, Lodz, Lodz... und Komm in meine Liebeslaube... Ein astraler Geruch von Puder, Gaze, ein Nebel von fernem Varieté und europäischer Sexualität. Unanständige Witze zerknallten zu Gelächter und fingen alle immer wieder mit den Worten an: Da ist einmal ein Jud auf der Eisenbahn gefahren...; nur einmal fragte einer: Wieviel Rattenschwänze braucht man von der Erde zum Mond? Da wurde es sogar still, und der Major ließ Tosca spielen und sagte, während das Grammophon zum Loslegen ausholte, melancholisch: "Ich habe einmal die Geraldine Farrar heiraten wollen." Dann kam ihre Stimme aus dem Trichter in das Zimmer und stieg in einen Lift, diese von den betrunkenen Männern angestaunte Frauenstimme, und schon fuhr der Lift mit ihr wie rasend in die Höhe, kam an kein Ziel, senkte sich wieder, federte in der Luft. Ihre Röcke blähten sich vor Bewegung, dieses Auf und Nieder, dieses eine Weile lang angepreßt Stilliegen an einem Ton, und wieder sich Heben und Sinken, und bei alldem dieses Verströmen, und immer doch noch von einer neuen Zuckung Gefaßtwerden, und wieder Ausströmen: war Wollust. Homo fühlte, es war nackt jene auf alle Dinge in den Städten verteilte Wollust, die sich von Totschlag, Eifersucht, Geschäften, Automobilrennen nicht mehr unterscheiden kann, – ah, es war gar nicht mehr Wollust, es war Abenteuersucht, – nein, es war nicht Abenteuersucht, sondern ein aus dem Himmel niederfahrendes Messer, ein Würgengel, Engelswahnsinn, der Krieg? Von einem der vielen langen Fliegenpapiere, die von der Decke herabhingen, war vor ihm eine Fliege heruntergefallen und lag vergiftet am Rücken, mitten in einer jener Lachen, zu denen in den kaum merklichen Falten des Wachstuchs das Licht der Petroleumlampe zusammenfloß; sie waren so vorfrühlingstraurig, als ob nach Regen ein starker Wind gefegt hätte.

Die Fliege machte ein paar immer schwächer werdende Anstrengungen, um sich aufzurichten, und eine zweite Fliege, die am Tischtuch äste, lief von Zeit zu Zeit hin, um sich zu überzeugen, wie es stünde. Auch Homo sah ihr genau zu, denn die Fliegen waren hier eine große Plage. Als aber der Tod kam, faltete die Sterbende ihre sechs Beinchen ganz spitz zusammen und hielt sie so in die Höhe, dann starb sie in ihrem blassen Lichtfleck am Wachstuch wie in einem Friedhof von Stille, der nicht in Zentimetermaßen und nicht für Ohren, aber doch vorhanden war. Jemand erzählte gerade: "Das soll einer einmal wirklich ausgerechnet haben, daß das ganze Haus Rothschild nicht so viel Geld hat, um eine Fahrkarte dritter Klasse bis zum Mond zu bezahlen." Homo sagte leise vor sich hin: "Töten, und doch Gott spüren; Gott spüren, und doch töten?" und er schnellte mit dem Zeigefinger dem ihm gegenübersitzenden Major die Fliege gerade ins Gesicht, was wieder einen Zwischenfall gab, der bis zum nächsten Abend vorhielt.

Damals hatte er schon lange Grigia kennen gelernt, und vielleicht kannte sie der Major auch. Sie hieß Lene Maria Lenzi; das klang wie Selvot und Gronleit oder Malga Mendana, nach Amethystkristallen und Blumen, er aber nannte sie noch lieber Grigia, mit langem I und verhauchtem Dscha, nach der Kuh, die sie hatte, und Grigia, die Graue, rief. Sie saß dann, mit ihrem violett braunen Rock und dem gesprenkelten Kopftuch, am Rand ihrer Wiese, die Spitzen der Holländerschuhe in die Luft gekrümmt, die Hände auf der bunten Schürze verschränkt, und sah so natürlich lieblich aus wie ein schlankes giftiges Pilzchen, während sie der in der Tiefe weidenden Kuh von Zeit zu Zeit ihre Weisungen gab. Eigentlich bestanden sie nur aus den vier Worten "Geh ea!" und "Geh aua!", was soviel zu bedeuten schien wie ›komm her‹ und ›komm herauf›, wenn sich die Kuh zu weit entfernte; versagte aber Grigias Dressur, so folgte dem ein heftig entrüstetes: "Wos, Teufi, do geh hea", und als letzte Instanz polterte sie wie ein Steinchen selbst die Wiese hinab, das nächste Stück Holz in der Hand, das sie aus Wurfdistanz nach der Grauen sandte.

Da Grigia aber einen ausgesprochenen Hang hatte, sich immer wieder talwärts zu entfernen, wiederholte sich der Vorgang in allen seinen Teilen mit der Regelmäßigkeit eines sinkenden und stets von neuem aufgewundenen Pendelgewichts. Weil das so paradiesisch sinnlos war, neckte er sie damit, indem er sie selbst Grigia rief. Er konnte sich nicht verhehlen, daß sein Herz lebhafter schlug, wenn er sich der so Sitzenden aus der Ferne nahte; so schlägt es, wenn man plötzlich in Tannenduft eintritt oder in die würzige Luft, die von einem Waldboden aufsteigt, der viele Schwämme trägt. Es blieb immer etwas Grauen vor der Natur in diesem Eindruck enthalten, und man darf sich nicht darüber täuschen, daß die Natur nichts weniger als natürlich ist; sie ist erdig, kantig, giftig und unmenschlich in allem, wo ihr der Mensch nicht seinen Zwang auferlegt. Wahrscheinlich war es gerade das, was ihn an die Bäuerin band, und zur anderen Hälfte war es ein nimmermüdes Staunen, weil sie so sehr einer Frau glich. Man würde ja auch staunen, wenn man mitten im Holz eine Dame mit einer Teetasse sitzen sähe.

Bitte, treten Sie ein, hatte auch sie gesagt, als er zum erstenmal an ihre Tür klopfte. Sie stand am Herd und hatte einen Topf am Feuer; die sie nicht wegkonnte, wies sie bloß höflich auf die Küchenbank, später erst wischte sie die Hand lächelnd an der Schürze ab und reichte sie den Besuchern; es war eine gut geformte Hand, so samten rauh wie feinstes Sandpapier oder rieselnde Gartenerde. Und das Gesicht, das zu ihr gehörte, war ein ein wenig spöttelndes Gesicht, mit einer feinen, graziösen Gratlinie, wenn man es von der Seite ansah, und einem Mund, der ihm sehr auffiel. Dieser Mund war geschwungen wie Kupidos Bogen, aber außerdem war er gepreßt, so wie wenn man Speichel schluckt, was ihm in all seiner Feinheit eine entschlossene Roheit, und dieser Roheit wieder einen kleinen Zug von Lustigkeit gab, was trefflich zu den Schuhen paßte, aus welchen das Figürchen herauswuchs wie aus wilden Wurzeln. – Es galt irgendein Geschäft zu besprechen, und als sie fortgingen, war wieder das Lächeln da, und die Hand ruhte vielleicht einen Augenblick länger in der seinen als beim Empfang. Diese Eindrücke, die in der Stadt so bedeutungslos wären, waren hier in der Einsamkeit Erschütterungen, nicht anders, als hätte ein Baum seine Äste bewegen wollen in einer Weise, die durch keinen Wind oder eben wegfliegenden Vogel zu erklären war.

Kurze Zeit danach war er der Geliebte einer Bauernfrau geworden; diese Veränderung, die mit ihm vorgegangen war, beschäftigte ihn sehr, denn ohne Zweifel war da nicht etwas durch ihn, sondern mit ihm geschehen. Als er das zweitemal gekommen war, hatte sich Grigia gleich zu ihm auf die Bank gesetzt, und als er ihr zur Probe, wie weit er schon gehen dürfe, die Hand auf den Schoß legte und ihr sagte, du bist hier die Schönste, ließ sie seine Hand auf ihrem Schenkel ruhen, legte bloß ihre darauf, und damit waren sie versprochen. Nun küßte er sie auch zum Siegel, und ihre Lippen schnalzten danach, so wie sich Lippen befriedigt von einem Trinkgefäß lösen, dessen Rand sie gierig umfaßt hielten. Er erschrak sogar anfangs ein wenig über diese gemeine Weise und war gar nicht bös, als sie sein weiteres Vordringen abwehrte; er wußte nicht warum, er verstand hier überhaupt nichts von den Sitten und Gefahren und ließ sich neugierig auf ein andermal vertrösten. Beim Heu, hatte Grigia gesagt, und als er schon in der Tür stand und auf Wiedersehen sagte, sagte sie "auf's g'schwindige Wiederseh'n" und lächelte ihm zu.

Er war noch am Heimweg, da wurde er schon glücklich über das Geschehene; so wie ein heißes Getränk plötzlich nachher zu wirken beginnt. Der Einfall, zusammen in den Heustall zu gehn – man öffnet ein schweres hölzernes Tor, man zieht es zu, und bei jedem Grad, um den es sich in den Angeln dreht, wächst die Finsternis, bis man am Boden eines braunen, senkrecht stehenden Dunkels hockt – freute ihn wie eine kindliche List. Er dachte an die Küsse zurück und fühlte sie schnalzen, als hätte man ihm einen Zauberring um den Kopf gelegt. Er stellte sich das Kommende vor und mußte wieder an die Bauernart zu essen denken; sie kauen langsam, schmatzend, jeden Bissen würdigend, so tanzen sie auch, Schritt um Schritt, und wahrscheinlich ist alles andere ebenso; er wurde so steif in den Beinen vor Aufregung bei diesen Vorstellungen, als stäken seine Schuhe schon etwas im Boden. Die Frauen schließen die Augendeckel und machen ein ganz steifes Gesicht, eine Schutzmaske, damit man sie nicht durch Neugierde stört; sie lassen sich kaum ein Stöhnen entreißen, regungslos wie Käfer, die sich tot stellen, konzentrieren sie alle Aufmerksamkeit auf das, was mit ihnen vorgeht. Und so geschah es auch; Grigia scharrte mit der Kante der Sohle das bißchen Winterheu, das noch da war, zu einem Häuflein zusammen und lächelte zum letztenmal, als sie sich nach dem Saum ihres Rockes bückte wie eine Dame, die sich das Strumpfband richtet.

Das alles war genau so einfach und gerade so verzaubert wie die Pferde, die Kühe und das tote Schwein. Wenn sie hinter den Balken waren und außen polterten schwere Schuhe auf dem Steinweg heran, schlugen vorbei und verklangen, so pochte ihm das Blut bis in den Hals, aber Grigia schien schon am dritten Schritt zu erraten, ob die Schuhe herwollten oder nicht. Und sie hatte Zauberworte. Die Nos, sagte sie etwa, und statt Bein der Schenken. Der Schurz war die Schürze. Tragt viel aus, bewunderte sie, und geliegen han i an bißl ins Bett eini, machte es unter verschlafenen Augen. Als er ihr einmal drohte, nicht mehr zu kommen, lachte sie: "I glock an bei Ihm!" und da wußte er nicht, ob er erschrak oder glücklich war, und das mußte sie bemerkt haben, denn sie fragte: "Reut's ihn? Viel reut's ihn?" Das waren so Worte wie die Muster der Schürzen und Tücher und die farbigen Borten oben am Strumpf, etwas angeglichen der Gegenwart schon durch die Weite der Wanderschaft, aber geheimnisvolle Gäste. Ihr Mund war voll von ihnen, und wenn er ihn küßte, wußte er nie, ob er dieses Weib liebte, oder ob ihm ein Wunder bewiesen werde, und Grigia nur der Teil einer Sendung war, die ihn mit seiner Geliebten in Ewigkeit weiter verknüpfte. Einmal sagte ihm Grigia geradezu: "Denken tut er was ganz andres, i seh's ihm eini", und als er eine Ausflucht gebrauchte, meinte sie nur, "ah, das is an extrige Sküß". Er fragte sie, was das heißen solle, aber sie wollte nicht mit der Sprache heraus, und er mußte selbst erst lang nachdenken, bis er soviel aus ihr herausfragen konnte, um zu erraten, daß hier vor zweihundert Jahren auch französische Bergknappen gelebt hatten, und daß es einmal vielleicht excuse geheißen habe. Aber es konnte auch etwas Seltsameres sein.

Man mag das nun stark empfinden oder nicht. Man mag Grundsätze haben, dann ist es nur ein ästhetischer Scherz, den man eben mitnimmt. Oder man hat keine Grundsätze oder sie haben sich vielleicht eben etwas gelöst, wie es bei Homo der Fall war, als er reiste, dann kann es geschehen, daß diese fremden Lebenserscheinungen Besitz von dem ergreifen, was herrenlos geworden ist. Sie gaben ihm aber kein neues, von Glück ehrgeizig und erdfest gewordenes Ich, sondern sie siedelten nur so in zusammenhanglos schönen Flecken im Luftriß seines Körpers. Homo fühlte an irgend etwas, daß er bald sterben werde, er wußte bloß noch nicht, wie oder wann. Sein altes Leben war kraftlos geworden; es wurde wie ein Schmetterling, der gegen den Herbst zu immer schwächer wird. Er sprach manchmal mit Grigia davon; sie hatte eine eigene Art, sich danach zu erkundigen: so voll Respekt wie nach etwas, das ihr anvertraut war, und ganz ohne Selbstsucht. Sie schien es in Ordnung zu finden, daß es hinter ihren Bergen Menschen gab, die er mehr liebte als sie, die er mit ganzer Seele liebte. Und er fühlte diese Liebe nicht schwächer werden, sie wurde stärker und neuer; sie wurde nicht blasser, aber sie verlor, je tiefer sie sich färbte, desto mehr die Fähigkeit, ihn in der Wirklichkeit zu etwas zu bestimmen oder an etwas zu hindern. Sie war in jener wundersamen Weise schwerlos und von allem Irdischen frei, die nur der kennt, welcher mit dem Leben abschließen mußte und seinen Tod erwarten darf; war er vordem noch so gesund, es ging damals ein Aufrichten durch ihn wie durch einen Lahmen, der plötzlich seine Krücken fortwirft und wandelt.

Das wurde am stärksten, als die Heuernte kam. Das Heu war schon gemäht und getrocknet, mußte nur noch gebunden und die Bergwiesen hinaufgeschafft werden. Homo sah von der nächsten Anhöhe aus zu, die wie ein Schaukelschwung hoch und weit davon losgehoben war. Das Mädel formt – ganz allein auf der Wiese, ein gesprenkeltes Püppchen unter der ungeheuren Glasglocke des Himmels – auf jede nur erdenkliche Weise ein riesiges Bündel. Kniet sich hinein und zieht mit beiden Armen das Heu an sich. Legt sich, sehr sinnlich, auf den Bauch über den Ballen und greift vor sich an ihm hinunter. Legt sich ganz auf die Seite und langt nur mit einem Arm, soweit man ihn strecken kann. Kriecht mit einem Knie, mit beiden Knien hinauf. Homo fühlt, es hat etwas vom Pillendreher, jenem Käfer. Endlich schiebt sie ihren ganzen Körper unter das mit einem Strick umschlungene Bündel und hebt sich mit ihm langsam hoch. Das Bündel ist viel größer als das bunte schlanke Menschlein, das es trägt – oder war das nicht Grigia?

Wenn Homo, um sie zu suchen, oben die lange Reihe von Heuhaufen entlang ging, welche die Bäurinnen auf der ebenen Stufe des Hangs errichtet hatten, ruhten sie gerade; da konnte er sich kaum fassen, denn sie lagen auf ihren Heuhügeln wie Michel Angelos Statuen in der Mediceerkapelle zu Florenz, einen Arm mit dem Kopf aufgestützt und den Leib wie in einer Strömung ruhend. Und als sie mit ihm sprachen und ausspucken mußten, taten sie es sehr künstlich; sie zupften mit drei Fingern ein Büschel Heu heraus, spuckten in den Trichter und stopften das Heu wieder darüber: das konnte zum Lachen reizen: bloß wenn man zu ihnen gehörte, wie Homo, der Grigia suchte, mochte man auch plötzlich erschrecken über diese rohe Würde. Aber Grigia war selten dabei, und wenn er sie endlich fand, hockte sie in einem Kartoffelacker und lachte ihn an. Er wußte, sie hat nichts als zwei Röcke an, die trockene Erde, die durch ihre schlanken, rauhen Finger rann, berührte ihren Leib. Aber die Vorstellung hatte nichts Ungewöhnliches mehr für ihn, sein Inneres hatte sich schon seltsam damit vertraut gemacht, wie Erde berührt, und vielleicht traf er sie in diesem Acker auch gar nicht zur Zeit der Heuernte, es lebte sich alles so durcheinander. Die Heuställe hatten sich gefüllt. Durch die Fugen zwischen den Balken strömt silbernes Licht ein. Das Heu strömt grünes Licht aus. Unter dem Tor liegt eine dicke goldene Borte. Das Heu roch säuerlich. Wie die Negergetränke, die aus dem Teig von Früchten und menschlichem Speichel entstehn. Man brauchte sich nur zu erinnern, daß man hier unter Wilden lebte, so entstand schon ein Rausch in der Hitze des engen, von gärendem Heu hochgefüllten Raums.

Das Heu trägt in allen Lagen. Man steht darin bis an die Waden, unsicher zugleich und überfest gehalten. Man liegt darin wie in Gottes Hand, möchte sich in Gottes Hand wälzen wie ein Hündchen oder ein Schweinchen. Man liegt schräg, und fast senkrecht wie ein Heiliger, der in einer grünen Wolke zum Himmel fährt.

Das waren Hochzeitstage und Himmelfahrtstage.

Aber einmal erklärte Grigia: es geht nicht mehr. Er konnte sie nicht dazu bringen, daß sie sagte, warum. Die Schärfe um den Mund und die lotrechte kleine Falte zwischen den Augen, die sie sonst nur für die

Frage anstrengte, in welchem Stadel ein nächstesmal das schönste Zusammenkommen sei, deutete schlecht Wetter an, das irgendwo in der Nähe stand. Waren sie ins Gerede gekommen? Aber die Gevatterinnen, die ja vielleicht etwas merkten, waren alle immer so lächelnd wie bei einer Sache, der man gern zusieht. Aus Grigia war nichts herauszubekommen. Sie gebrauchte Ausreden, sie war seltener zu treffen; aber sie hütete ihre Worte wie ein mißtrauischer Bauer. Einmal hatte Homo ein böses Zeichen. Die Gamaschen waren ihm aufgegangen, er stand an einem Zaun und wickelte sie neu, als eine vorbeigehende Bäurin ihm freundlich sagte: "Laß er die Strumpf doch unten, es wird ja bald Nacht." Das war in der Nähe von Grigias Hof. Als er es Grigia erzählte, machte sie ein hochmütiges Gesicht und sagte: "Die Leute reden, und den Bach rinnen, muß man lassen"; aber sie schluckte Speichel und war mit den Gedanken anderswo. Da erinnerte er sich plötzlich einer sonderbaren Bäurin, die einen Schädel wie eine Aztekin hatte und immer vor ihrer Tür saß, das schwarze Haar, das ihr etwas über die Schultern reichte, aufgelöst, und von drei pausbäckigen gesunden Kindern umgeben. Grigia und er kamen alle Tage achtlos vorbei, es war die einzige Bäurin, die er nicht kannte, und merkwürdigerweise hatte er auch noch nie nach ihr gefragt, obgleich ihm ihr Aussehn auffiel; es war fast, als hätten sich stets das gesunde Leben ihrer Kinder und das gestörte ihres Gesichts gegenseitig als Eindrücke zu Null aufgehoben. Wie er jetzt war, schien es ihm plötzlich gewiß zu sein, daß nur von daher das Beunruhigende gekommen sein könne. Er fragte, wer sie sei, aber Grigia zuckte bös die Achseln und stieß nur hervor: "Die weiß nit, was sie sagt! Ein Wort hie, ein Wort über die Berge!" Das begleitete sie mit einer heftigen Bewegung der Hand an der Stirn vorbei, als müßte sie das Zeugnis dieser Person gleich entwerten.

Da Grigia nicht zu bewegen war, wieder in einen der um das Dorf liegenden Heuställe zu kommen, schlug ihr Homo vor, mit ihm höher ins Gebirge hinauf zu gehn. Sie wollte nicht, und als sie schließlich nachgab, sagte sie mit einer Betonung, die Homo hinterdrein zweideutig vorkam, "Guat; wenn man weg müass'n gehn." Es war ein schöner Morgen, der noch einmal alles umspannte; weit draußen lag das Meer der Wolken und der Menschen. Grigia wich ängstlich allen Hütten aus, und auf freiem Felde zeigte sie – die sonst stets von einer reizenden Unbekümmertheit in allen Dispositionen ihrer Liebesstrategie gewesen war – Besorgtheit vor scharfen Augen. Da wurde er ungeduldig und erinnerte sich, daß sie eben an einem alten Stollen vorbeigekommen waren, dessen Betrieb auch von seinen eigenen Leuten bald wieder aufgegeben worden war. Er trieb Grigia hinein. Als er sich zum letztenmal umwandte, lag auf einer Bergspitze Schnee, darunter war golden in der Sonne ein kleines Feld mit gebundenen Ähren, und über beiden der weißblaue Himmel. Grigia machte wieder eine Bemerkung, die wie eine Anzüglichkeit war, sie hatte seinen Blick bemerkt und sagte zärtlich: "Das Blaue am Himmel lassen wir lieben hübsch oben, damit es schön bleibt"; was sie damit eigentlich meinte, vergaß er aber zu fragen, denn sie tasteten nun mit großer Vorsicht in ein immer enger werdendes Dunkel hinein. Grigia ging voraus, und als nach einer Weile sich der Stollen zu einer kleinen Kammer erweitete, machten sie halt und umarmten einander. Der Boden unter ihren Füßen machte einen guten trockenen Eindruck, sie legten sich nieder, ohne daß Homo das Zivilisationsbedürfnis empfunden hätte, ihn mit dem Licht eines Streichholzes zu untersuchen. Noch einmal rann Grigia wie weich trockene Erde durch ihn, fühlte er sie im Dunkel erstarren und steif von Genuß werden, dann lagen sie nebeneinander und blickten, ohne sprechen zu wollen, nach dem kleinen fernen Viereck, vor dem weiß der Tag strahlte. In Homo wiederholte sich da sein Aufstieg hieher, er sah sich mit Grigia hinter dem Dorf zusammenkommen, dann steigen, wenden und steigen, er sah ihre blauen Strümpfe bis zu dem orangenen Saum unterm Knie, ihren wiegenden Gang auf den lustigen Schuhen, er sah sie vor dem Stollen stehen bleiben, sah die Landschaft mit dem kleinen goldenen Feld, und mit einemmal gewahrte er in der Helle des Eingangs das Bild ihres Mannes.

Er hatte noch nie an diesen Menschen gedacht, der bei den Arbeiten verwendet wurde; jetzt sah er das scharfe Wilddiebsgesicht mit den dunklen jägerlistigen Augen und erinnerte sich auch plötzlich an das einzigemal, wo er ihn sprechen gehört hatte; es war nach dem Einkriechen in einen alten Stollen, das kein anderer gewagt hatte, und es waren die Worte: "I bin von an Spektakl in andern kemma; das Zruckkemma is halt schwer." Homo griff rasch nach seiner Pistole, aber im gleichen Augenblick war Lene Maria Lenzis Mann verschwunden, und das Dunkel ringsum war so dick wie eine Mauer. Er tastete sich zum Ausgang, Grigia hing an seinen Kleidern. Aber er überzeugte sich sofort, daß der Fels, der davor gerollt worden war, weit schwerer wog, als seine Kraft, ihn zu bewegen, reichte; er wußte nun auch, warum ihnen der Mann so viel Zeit gelassen hatte, er brauchte sie selbst, um seinen Plan zu fassen und einen Baumstamm als Hebel zu holen. Grigia lag vor dem Stein auf den Knien und bettelte und tobte; es war widerwärtig und vergebens. Sie schwur, daß sie nie etwas Unrechtes getan habe und nie wieder etwas Unrechtes tun wolle, sie zeterte sogleich wie ein Schwein und rannte sinnlos gegen den Fels wie ein scheues Pferd. Homo fühlte schließlich, daß es so ganz in der Ordnung der Natur sei, aber er, der gebildete Mensch, vermochte anfangs gar nichts gegen seine Ungläubigkeit zu tun, daß wirklich etwas Unwiderrufliches geschehen sein sollte. Er lehnte an der Wand und hörte Grigia zu, die Hände in den Taschen. Später erkannte er sein Schicksal; traumhaft fühlte er es noch einmal auf ihn herabsinken, tage-, wochen- und monatelang, wie eben ein Schlaf anheben muß, der sehr lang dauert. Er legte sanft den Arm um Grigia und zog sie zurück. Er legte sich neben sie und erwartete etwas. Früher hätte er wohl vielleicht gedacht, die Liebe müßte in solchem unentrinnbaren Gefängnis scharf wie Bisse sein, aber er vergaß überhaupt an Grigia zu denken. Sie war ihm entrückt oder er ihr, wenn er auch noch ihre Schulter spürte; sein ganzes Leben war ihm gerade so weit entrückt, daß er es noch da wußte, aber nimmer die Hand darauf legen konnte. Sie regten sich stundenlang nicht.

Tage mochten vergangen sein und Nächte, Hunger und Durst lagen hinter ihnen, wie ein erregtes Stück Wegs, sie wurden immer schwächer, leichter und verschlossener; sie dämmerten weite Meere und wachten kleine Inseln. Einmal fuhr er ganz grell in so ein kleines Wachen auf: Grigia war fort; eine Gewißheit sagte ihm, daß es eben erst geschehen sein mußte. Er lächelte; hat ihm nichts gesagt von dem Ausweg; wollte ihn zurücklassen, zum Beweis für ihren Mann ...! Er stützte sich auf und sah um sich; da entdeckte auch er einen schwachen, schmalen Schimmer. Er kroch ein wenig näher, tiefer in den Stollen hinein – sie hatten immer nach der andern Seite gesehen. Da erkannte er einen schmalen Spalt, der wahrscheinlich seitwärts ins Freie führte. Grigia hatte feine Glieder, aber auch er, mit großer Gewalt, müßte sich da vielleicht durchzwängen können. Es war ein Ausweg. Aber er war in diesem Augenblick vielleicht schon zu schwach, um ins Leben zurückzukehren, wollte nicht oder war ohnmächtig geworden. Zur gleichen Stunde gab, da man die Erfolglosigkeit aller Anstrengungen und die Vergeblichkeit des Unternehmens einsah, Mozart Amadeo Hoffingott unten die Befehle zum Abbruch der Arbeit.

Tonka

I

An einem Zaun. Ein Vogel sang. Die Sonne war dann schon irgendwo hinter den Büschen. Der Vogel schwieg. Es war Abend. Die Bauernmädchen kamen singend über die Felder. Welche Einzelheiten! Ist es Kleinlichkeit, wenn solche Einzelheiten sich an einen Menschen heften? Wie Kletten!? Das war Tonka. Die Unendlichkeit fließt manchmal in Tropfen.

Auch das Pferd gehört dazu, der Rotschimmel, den er an eine Weide gebunden hatte. Es war in seinem Militärjahr. Es ist nicht zufällig, daß es in seinem Militärjahr war, denn niemals ist man so entblößt von sich und eigenen Werken wie in dieser Zeit des Lebens, wo eine fremde Gewalt alles von den Knochen reißt. Man ist ungeschützter in dieser Zeit als sonst.

Aber war es überhaupt so gewesen? Nein, das hatte er sich erst später zurechtgelegt. Das war schon das Märchen; er konnte es nicht mehr unterscheiden. In Wahrheit hatte sie doch damals bei ihrer Tante gelebt, als er sie kennen lernte. Und Kusine Julie kam manchmal zu Besuch. So war es. Er wunderte sich ja darüber, daß man sich mit Kusine Julie an einen Tisch setzen und ihr eine Tasse Kaffee zuschieben konnte, denn sie war doch eine Schande. Es war bekannt, daß man Kusine Julie ansprechen und noch am selben Abend auf sein Zimmer nehmen konnte: auch in die Wohnungen der Kupplerinnen ließ sie sich rufen und hatte sonst keinen Erwerb. Aber andrerseits war sie eben eine Verwandte, wenn man auch ihr Treiben nicht billigte; und wenn sie auch leichtsinnig war, konnte man ihr doch nicht gut den Platz am Tisch verweigern, zumal sie selten genug kam. Ein Mann hätte ja vielleicht Lärm geschlagen, denn ein Mann liest die Zeitung oder gehört einem Verein mit bestimmten Zielen an und hat immer die Brust voll mit großen Worten, aber die Tante begnügte sich mit ein paar bissigen Bemerkungen jedesmal, nachdem Julie wieder gegangen war, und solange man mit ihr am

Tisch saß, mußte man mit ihr lachen, denn sie war ein witziges Mädchen und kannte bald mehr von der Stadt als eine. Immerhin, wenn man auch mißbilligte, fehlte also die Kluft; man konnte hinüber.

Das gleiche bewiesen die Weiber aus der Strafanstalt; das waren auch meist Prostituierte, und sogar die Anstalt mußte bald danach an einen andern Ort verlegt werden, weil mitten in der Haft plötzlich viele schwanger wurden – von den Neubauten her, wo sie Mörtel trugen, während männliche Häftlinge als Maurer arbeiteten. Diese Weiber nun wurden auch zu Hausarbeiten vermietet, sie wuschen zum Beispiel sehr gut und waren von kleinen Leuten wegen ihrer Billigkeit sehr gesucht. Auch Tonkas Großmutter ließ sie an den Waschtagen kommen, man gab ihnen Kaffee und Semmel, und weil man mit ihnen zusammen im Haus gearbeitet hatte, frühstückte man auch gemeinsam mit ihnen und grauste sich nicht. Mittags mußten sie durch einen Begleiter in die Anstalt zurückgebracht werden, so war die Vorschrift, und gewöhnlich wurde Tonka damit beauftragt, als sie noch ein kleines Mädel war, ging plaudernd neben ihnen her und schämte sich gar nicht ihrer Gesellschaft, obwohl sie weiße, weithin kenntliche Kopftücher und graue Gefängniskleidung trugen. Ahnungslos mag man das nennen, ahnungslos ausgeliefert sein eines jungen, armen Lebens an Einflüsse, die es abstumpfen müssen; aber wenn Tonka später, sechzehnjährig und immer noch ohne Schreck, mit Kusine Julie scherzte: kann man sagen, daß es ohne Ahnung von der Schande geschah, oder war hier schon das Feingefühl eines Gemüts für Schande verlorengegangen? Wenn auch ohne Schuld, wie wäre das kennzeichnend!

Auch das Haus darf man nicht vergessen. Fünf Fenster hatte es auf die Straße hin – stehen geblieben zwischen schon hoch aufgeschossenen neuen Häusern – und ein Hintergebäude, darin Tonka mit ihrer Tante wohnte, die eigentlich ihre viel ältere Base war, und deren kleinem Sohn, der eigentlich ein unehelicher Sohn war, wenn auch aus einem Verhältnis, das sie so ernst genommen hatte wie eine Ehe, und einer Großmutter, die nicht wirklich die Großmutter, sondern deren Schwester war, und früher wohnte noch ein wirklicher Bruder ihrer toten Mutter dort, der aber auch jung starb, das alles in einem Zimmer mit Küche, während vorn die fünf Fenster, vornehm verhängt, nichts weniger verbargen als ein anrüchiges Quartier, wo leichtsinnige Kleinbürgerfrauen, aber auch Gewerbsmäßige mit Männern zusammengebracht wurden. Man ging schweigend im Haus an diesen Vorgängen vorüber, und da man keinen Zank mit der Kupplerin wollte, grüßte man sogar, und die war eine dicke Person, die sehr auf Achtbarkeit zielte und eine Tochter hatte, die so alt wie Tonka war. Diese Tochter schickte sie in eine gute Schule, ließ sie Klavier und Französisch lernen, kaufte ihr schöne Kleider und hielt sie sorgsam fern von den Vorgängen in der Wohnung; sie hatte ein weiches Herz, und das erleichterte ihr den Erwerb, denn sie wußte, daß er schändlich war. Mit dieser Tochter durfte Tonka früher zuweilen spielen und kam dann in die Vorderwohnung, die zu solchen Stunden leer und übergroß war und Tonka lebenslang einen Eindruck von Pracht und Vornehmheit hinterließ, den erst er auf das rechte Maß brachte. Übrigens hieß sie nicht ganz mit Recht Tonka, sondern war deutsch getauft auf den Namen Antonie, während Tonka die Abkürzung der tschechischen Koseform Toninka bildet; man sprach in diesen Gassen ein seltsames Gemisch zweier Sprachen.

Aber wohin führen solche Gedanken?! Sie war ja doch an einem Zaun gestanden damals, vor der dunkel offenen Tür eines Häuschens, des ersten im Dorf gegen die Stadt zu, trug Schnürstiefel, rote Strümpfe und bunte, breite, tiefe Röcke, schien, während sie sprach, nach dem Mond zu sehen, der blaß über dem gemähten Korn stand, antwortete schlagfertig scheu, lachte, fühlte sich im Schutz des Mondes, und der Wind blies so sanft über die Stoppeln, als müßte er eine Suppe kühlen. Am Heimritt hatte er noch zu seinem Kameraden, dem Einjährigen Baron Mordansky, lachend gesagt: "Ich würde schon gern mit so einem Mädel etwas haben, aber es ist mir zu gefährlich; als Schutz gegen Sentimentalität müßtest du mir versprechen, Hausfreund zu werden." Und Mordansky, der bereits Volontär in der Zuckerfabrik seines Onkels gewesen war, hatte darauf von der Rübenernte erzählt, wo Hunderte solcher Bauernmädchen auf den Fabriksfeldern arbeiten und sich den

Gutsinspektoren und deren Gehilfen in allem so willig unterwerfen sollen wie Negersklaven. Und er hatte ganz bestimmt einmal ein solches Gespräch mit Mordansky abgebrochen, weil es ihn verletzte, aber das war doch nicht damals gewesen, denn das, was eben wie Erinnerung erscheinen wollte, war schon wieder das später gewachsene Dornengerank in seinem Kopf. In Wahrheit hatte er sie zum erstenmal am "Ring" gesehen, jener Hauptstraße mit den steinernen Lauben, wo die Offiziere und die Herren von der Regierung an den Ecken stehen, die Studenten und jungen Kaufleute auf und ab wandeln, die Mädel nach Geschäftsschluß oder die neugierigerenauch schon in der Mittagspause Arm in Arm zu zweien und dreien durchziehen, manchmal einer der Rechtsanwälte langsam und grüßend sich hindurchschieben läßt, ein Stadtverordneter oder auch ein angesehener Fabrikant, und sogar Damen nicht fehlen, die ihr Heimweg von den Einkäufen just vorbeiführt. Dort hatte ihn plötzlich ihr Blick in die Augen getroffen, ein lustiger Blick, nur ein Sekündchen lang und wie ein Ball, der aus Versehen einem Vorübergehenden ins Gesicht flog, im Nu von einem Wegschauen gefolgt und einem geheuchelt arglosen Ausdruck. Er hatte sich rasch umgedreht, denn er dachte, nun würde das Kichern folgen, aber Tonka ging mit geradem Kopf, fast erschrocken; sie ging mit zwei andern Mädchen, war größer als sie, und ihr Gesicht hatte, ohne schön zu sein, etwas Deutliches und Bestimmtes. Nichts darin hatte jenes Kleine, listig Weibliche, das nur durch die Anordnung wirkt; Mund, Nase, Augen standen deutlich für sich, vertrugen es auch, für sich betrachtet zu werden, ohne durch anderes zu entzücken als ihren Freimut und die über das Ganze gegossene Frische. Es war seltsam, daß ein so heiterer Blick saß wie ein Pfeil mit einem Widerhaken, und sie schien sich selbst daran wehgetan zu haben.

Das war nun klar. Sie war also damals in dem Tuchgeschäft, und es war ein großes Geschäft, das viele Mädchen für seine Lager angestellt hatte. Sie mußte die Stoffballen beaufsichtigen und die richtigen finden, wenn ein Muster verlangt wurde, und ihre Hände waren stets etwas feucht, weil sie von den feinen Haaren der Tuche gereizt wurden. Das hatte nichts von Traum: offen war ihr Gesicht. Aber dann waren da die Söhne des Tuchherrn, und der eine trug einen Schnurrbart wie ein Eichhörnchen, der an den Enden aufgekräuselt war, und stets Lackschuhe; Tonka wußte zu erzählen, wie vornehm er sei, wieviel Schuhe er hatte und daß seine Hosen jeden Abend zwischen zwei Bretter mit schweren Steinen gelegt wurden, damit die Falten scharf blieben.

Und jetzt, weil man klar durch den Nebel etwas Wirkliches sah, tauchte das Lächeln auf, das ungläubige, zuschauende Lächeln seiner eigenen Mutter, voll Mitleid und Geringschätzung für ihn. Dieses Lächeln war wirklich. Es sagte: Gott, jeder Mensch weiß, dieses Geschäft ...?! Aber obgleich Tonka noch Jungfrau gewesen war, als er sie kennen lernte, war dieses Lächeln, heimtückisch versteckt oder verkleidet, auch in vielen quälenden Träumen aufgetaucht. Vielleicht hatte es sich nie als ein einzelnes Lächeln ereignet;

49 das war selbst jetzt nicht sicher. Und dann gibt es auch Brautnächte, wo man nicht ganz sicher sein kann, sozusagen physiologische Zweideutigkeiten, wo selbst die Natur nicht ganz klar Aufschluß gibt, und im gleichen Augenblick, wo das wieder vor der Erinnerung stand, wußte er: auch der Himmel war gegen Tonka.

II

Es war leichtsinnig von ihm gewesen, Tonka als Pflegerin und Gesellschaft zu seiner Großmutter zu bringen. Er war noch sehr jung und hatte eine kleine List eingefädelt; die Schwägerin seiner Mutter kannte Tonkas Tante, die in "gute Häuser" weißnähen kam, und er hatte gestiftet, daß man sie frug, ob sie nicht ein junges Mädchen wüßte, und so. Das junge Mädchen sollte bei der Großmutter bleiben, deren Erlösung man in zwei bis drei Jahren erwartete, und außer dem Lohn dann im Vermächtnis bedacht werden.

Aber inzwischen waren nun einige kleine Erlebnisse einander gefolgt. Zum Beispiel, er ging einmal mit ihr, etwas zu besorgen; auf der Straße spielten Kinder, und sie sahen beide plötzlich einem heulenden kleinen Mädchen in ein Gesicht, das sich wie ein Wurm nach allen Seiten krümmte und prall von der Sonne beschienen war. Ihm erschien da die unbarmherzige Deutlichkeit, mit der das im Licht stand, als ein ähnliches Beispiel des Lebens wie der Tod, aus dessen Umkreis sie kamen. Tonka aber "hatte" nur "Kinder gern"; sie beugte sich scherzend und tröstend zu der Kleinen, fand den Anblick vielleicht drollig, und das war das letzte, so sehr er sich auch bemühte, ihr zu zeigen, daß dieser Anblick dahinter noch etwas anderes war. Von wie vielen Seiten er auch kam, er stand zuletzt immer vor der gleichen Undurchsichtigkeit in ihrem Geiste; Tonka war nicht dumm, aber etwas schien sie zu hindern, klug zu sein, und zum erstenmal empfand er dieses weit ausgedehnte Mitleid mit ihr, das so schwer zu begründen war.

Ein andermal fragte er sie: "Wie lange sind Sie nun eigentlich schon bei Großmama, Fräulein?" Und als sie geantwortet hatte, sagte er: "So? Eine lange Zeit, wenn man sie neben einer Greisin zubringen muß."

"Oh!" machte Tonka. "Ich bin gern da."

"Nun, mir können Sie ruhig das Gegenteil sagen. Ich kann mir nicht vorstellen, wie sich ein junges Mädchen dabei wohlfühlen soll."

"Man tut seine Arbeit", antwortete Tonka und wurde rot.

"Tut seine Arbeit, schön, aber man will doch auch anderes vom Leben?"

"Ja."

"Und haben Sie das denn?"

"Nein."

"Ja – nein, ja – nein" – er wurde ungeduldig – "was soll das heißen? Schimpfen Sie wenigstens auf uns!" Aber er sah, daß sie mit Antworten kämpfte, die sie immer wieder im letzten Augenblick von den Lippen verwarf, und sie tat ihm plötzlich leid. "Sie werden mich wohl kaum verstehen, Fräulein, ich denke nicht schlecht von meiner Großmutter, das ist es nicht; sie ist auch eine arme Frau, aber ich denke jetzt nicht von dieser Seite: das ist meine Art. Ich denke von Ihrer Seite, und da ist sie ein Klumpen Scheußlichkeit. Verstehen Sie mich jetzt?"

"Ja," sagte das Fräulein leise und wurde über und über rot. "Ich habe Sie auch schon früher verstanden. Aber ich kann's nicht sagen."

Da lachte er nun. "Das ist etwas, das mir noch nie widerfahren ist: etwas nicht sagen können! Aber jetzt will ich erst recht wissen, was Sie antworten möchten, ich werde Ihnen helfen." Er wandte sich so völlig zu ihr, daß sie noch mehr verlegen wurde. "Also fangen wir an: Macht Ihnen die ruhige, gleichmäßige Pflicht, das geregelte Taugaustagein vielleicht Vergnügen? Ist es das?"

"Oh, nun, ich weiß nicht, wie Sie das meinen; ich habe meine Arbeit ganz gern."

"Ganz gern, schön. Aber Bedürfnis: nicht gerade? Es gibt ja Leute, die gar nichts anderes wollen als Tagwerk."

"Wie meinen Sie das?"

"Wünsche, Träume, Ehrgeiz meine ich; läßt Sie ein Tag wie heute unberührt?"

Es war zwischen den Mauern der Stadt ein Tag voll Zittern und Frühlingshonig.

Da lachte das Fräulein: "Nein. Aber das ist es doch nicht."

"Ist es nicht? Nun, dann haben Sie vielleicht eine Vorliebe für halbfinstere Zimmer, das leise Sprechen, der Geruch von Medizinflaschen und dergleichen? Es gibt auch solche Leute, Fräulein, aber ich sehe schon an Ihrem Gesicht, daß ich es wieder nicht getroffen habe."

Fräulein Tonka schüttelte den Kopf und zog die Mundwinkel etwas abwärts – in schüchternem Spott oder auch nur aus Verlegenheit. Aber nun ließ er ihr keine Ruhe. "Sehen Sie, wie ich irre, wie lächerlich ich mich vor Ihnen mache mit meinen verfehlten Überlegungen: gibt Ihnen das nicht Mut? Also! –?"

Und nun kam es auch endlich heraus. Langsam. Stockend. Die Worte verbessernd, als ob man etwas sehr schwer zu Verstehendes begreiflich machen müßte:

"Ich mußte mir doch etwas verdienen."

Ach, dieses Einfachste!

Welch feiner Esel war er und welche steinere Ewigkeit lag in dieser so gewöhnlichen Antwort.

Wieder ein andermal war er mit Tonka heimlich spazierengegangen; sie machten Ausflüge an dem freien Tag, den sie zweimal im Monat hatte; es war Sommer. Als der Abend kam, fühlte man die Luft gerade so warm wie das Gesicht und die Hände, und wenn man im Gehen die Augen schloß, glaubte man sich aufzulösen und ohne Grenzen zu schweben. Er beschrieb es Tonka, und da sie lachte, fragte er sie, ob sie es verstünde.

Oh, ja.

Aber da er mißtrauisch war, wollte er, daß sie es ihm mit eigenen Worten beschreibe; und das vermochte sie nicht.

Dann verstehe sie es auch nicht.

O doch – und plötzlich –: man müßte singen.

Nur das nicht! Doch! So zankten sie hin und her. Und schließlich begannen sie zu singen, wie man ein Corpus delicti auf den Tisch legt oder einen Lokalaugenschein vornimmt. Herzlich schlecht und aus einer Operette, aber zum Glück sang Tonka leise, und er freute sich über dieses kleine Zeichen von Takt. Sicherlich, sagte er sich, war sie bloß einmal im Leben im Theater, und seither ist diese elende Musik für sie Inbegriff der Vergoldung des Daseins. Aber sie hatte sogar diese paar Melodien nur von ihren früheren Freundinnen aus dem Geschäft gehört.

Ob sie ihr denn wirklich gefielen? Es ärgerte ihn, wenn sie durch irgend etwas noch mit dem Geschäft zusammenhing.

Sie wußte nicht, was es war, und ob diese Musik schön sei oder dumm; bloß den Wunsch weckte sie in ihr, selbst einmal auf dem Theater zu stehen und mit ganzer Kraft die Leute glücklich oder unglücklich zu machen. Das war nun vollends lächerlich, wenn man die gute Tonka dabei ansah, und er wurde so unlustig, daß sein Singen rasch zu einem Brummen absank. Da brach Tonka jäh ab; auch sie schien es zu fühlen, und sie gingen eine Weile schweigend nebeneinander her, bis Tonka stehen blieb und sagte: "Das ist es gar nicht, was ich mit dem Singen meinte." Und da in seinen Augen ein kleines Zeichen der Güte antwortete, begann sie abermals leise zu singen, aber diesmal waren es Volkslieder ihrer Heimat. Sie schritten dahin, und diese einfachen Weisen machten so traurig wie Kohlweißlinge im Sonnenschein. Und da hatte nun mit einemmal natürlich Tonka recht.

Nun war er es, der nicht ausdrücken konnte, was mit ihm geschah, und Tonka, weil sie die gewöhnliche Sprache nicht sprach, sondern irgend eine Sprache des Ganzen, hatte leiden müssen, daß man sie für dumm und unempfindlich hielt. Damals war es ihm klar, was es bedeutet: Lieder fallen ihr ein. Sie kam ihm sehr einsam vor. Wenn sie ihn nicht hätte, wer würde sie verstehn? Und sie sangen beide. Tonka sagte ihm den fremden Text vor und übersetzte ihn, dann faßten sie sich bei der Hand und sangen wie die Kinder. Wenn sie eine Pause machen mußten, um Atem zu schöpfen, gab es jedesmal auch ein kleines Verstummen dort vor ihnen, wo sich die Dämmerung über den Weg zog, und wenn das alles auch dumm war, war der Abend eins mit ihren Empfindungen.

Und noch ein andermal saßen sie an einem Waldrand, und er sah bloß durch einen Spalt der Lider, sprach nichts und hing seinen Gedanken nach. Tonka erschrak und fürchtete, ihn wieder verletzt zu haben. Ihr Atem hob sich mehrmals, weil sie nach Worten suchte, aber ihre Scheu hielt sie zurück. Und so war lange nichts zu hören als das quälende Lallen der Waldgeräusche, das in jeder Sekunde anderswo anhebt und verstummt. Einmal flog ein brauner Falter an ihnen vorüber und setzte sich auf eine hochgestielte Blume, die bei der Berührung zitterte und mehrmals hin und her schwankte, bis ihre Bewegung plötzlich stillstand wie ein abgebrochenes Gespräch. Tonka drückte ihre Finger fest in das Moos, auf dem sie saßen; aber nach einer Weile richteten sich die kleinen Stengelchen wieder auf, einer nach dem andern in Reihen, und nach abermals einer Weile war jede Spur der Hand, die da gelegen hatte, verwischt. Es war, um zu weinen, ohne zu wissen warum. Hätte sie denken gelernt wie ihr Begleiter, so hätte Tonka in diesem Augenblick gefühlt, daß die Natur aus lauter häßlichen Unscheinbarkeiten besteht, die so traurig getrennt voneinander leben wie die Sterne in der Nacht; die schöne Natur; eine Wespe kroch um seinen Fuß, mit einem Kopf wie eine Laterne, und er sah ihr zu. Und er sah seinem Fuß zu, der, breit und schwarz, schief in das Braun eines Weges ragte.

Tonka hatte sich oft davor gefürchtet, daß einmal ein Mann vor ihr stehen würde und sie nimmer ausweichen könnte. Was ihre älteren Freundinnen aus dem Geschäft ihr strahlend erzählten, war der langweilige, rohe Leichtsinn der Liebe, und es empörte sie, daß auch mit ihr jeder Mann zärtlich einzulenken versuchte, kaum er die ersten Worte hinter sich gebracht hatte. Wie sie nun ihren Begleiter ansah, gab ihr das mit einem Mal einen Stich; bis zu diesem Augenblick hatte sie noch nie gefühlt, mit einem Mann in seiner Gesellschaft zu sein, denn alles war anders. Er hatte sich breit auf beide Ellbogen zurückgelehnt, und der Kopf lag auf der Brust; fast ängstlich sah Tonka nach seinen Augen. Da aber stand ein eigentümliches Lächeln; er hatte das eine Auge geschlossen und zielte mit dem andern längs seines Körpers hinunter; es war sicher, daß er davon wußte, wie häßlich die Stellung seines Schuhes aussah, und vielleicht auch, wie wenig es war, mit Tonka an einem Waldrand zu liegen, aber er änderte nichts daran, jedes einzelne war häßlich, und alles zusammen was Glück. Tonka hatte sich leise aufgerichtet. Hinter ihrer Stirn war es plötzlich heiß geworden und ihr Herz klopfte. Sie verstand nicht, was er dachte, aber sie las alles zugleich in seinem Auge und ertappte sich mit einem Mal bei dem Wunsch, seinen Kopf in den Arm zu nehmen und seine Augen zuzudecken. Sie sagte: "Es ist schon Zeit, zu gehen, sonst wird es finster."

Als sie am Wege waren, sagte er: "Sie haben sich gewiß gelangweilt, aber Sie müssen sich an mich gewöhnen." Er nahm ihren Arm, weil man schon schlecht zu sehen begann, und suchte sich für sein Schweigen und dann unwillkürlich weiter auch für seine Gedanken zu entschuldigen. Sie verstand nicht, wovon er sprach, aber sie erriet seine Worte, die so ernst durch den Nebel drangen, in ihrer Art. Und als er sich nun gar noch für den Ernst dieser Worte entschuldigte, wußte sie nicht aus noch ein und fand bei der Jungfrau Maria keine andere Antwort, als daß sie ihren Arm inniger in seinen schob, wenn sie sich auch furchtbar dafür schämte.

Er streichelte ihre Hand. "Ich glaube, daß wir uns gut vertragen, Tonka, aber verstehen Sie mich denn?"

Nach einer Weile antwortete Tonka: "Es macht nichts, ob ich weiß, was Sie meinen. Ich könnte ohnedies nicht antworten. Aber ich mag es, daß Sie so ernst sind."

Das waren gewiß lauter kleine Erlebnisse, aber das Merkwürdige ist: sie waren in Tonkas Leben zweimal da, ganz die gleichen. Sie waren eigentlich immer da. Und das Merkwürdige ist, sie bedeuteten später das Gegenteil von dem, was sie anfangs bedeuteten. So gleich blieb sich Tonka, so einfach und durchsichtig war sie, daß man meinen konnte, eine Halluzination zu haben und die unglaublichsten Dinge zu sehen.

III

Dann kam ein Ereignis, seine Großmutter starb vor der Zeit; Ereignisse sind ja nichts anderes als Unzeiten und Unorte, man wird auf einen falschen Platz gelegt oder vergessen und ist so ohnmächtig wie ein

Ding, das niemand aufhebt. Auch was sich viel später ereignete, geschieht tausendfach in der Welt, und bloß daß es mit Tonka geschah, konnte man nicht verstehen.

Es erschien also der Arzt, die Leichengeschäftsleute kamen, der Totenschein wurde geschrieben und Großmama begraben – eins reihte sich in glatter Ordnung ans andere, wie es in einer guten Familie sein muß. Die Verlassenschaft wurde geregelt; man durfte froh sein, sich daran nicht beteiligen zu müssen; bloß ein einziger Punkt des Nachlasses erforderte Aufmerksamkeit, die Versorgung des Fräuleins Tonka mit dem traumhaften Nachnamen, der einer jener tschechischen Familiennamen war, die "Er sang" oder "Er kam über die Wiese" heißen. Es bestand ein Dienstvertrag. Das Fräulein sollte außer Lohn, der gering war, für jedes vollendete Dienstjahr mit einem bestimmten Betrag im Nachlaß bedacht werden, und da man auf ein längeres Leiden Großmamas gerechnet und, den erwarteten Unbilden der Pflege gemäß, den Betrag in langsam wachsenden Stufen festgesetzt hatte, kam es, daß er einem jungen Menschen empörend gering erscheinen mußte, der die aufgeopferten Monate von Tonkas Jugend nach Minuten wog. Er war zugegen, als Hyazinth mit ihr abrechnete. Er las scheinbar in einem Buch – es waren noch immer die Tagebuchfragmente von Novalis in Wirklichkeit aber folgte er mit Aufmerksamkeit dem Vorgang und schämte sich, als sein "Onkel" die Summe nannte. Sogar dieser schien etwas Ähnliches zu fühlen, denn er begann ausführlich die Bestimmungen des seinerzeit abgeschlossenen Vertrags dem Fräulein auseinanderzusetzen. Fräulein Tonka hörte mit festgeschlossenen Lippen aufmerksam zu; der Ernst, mit dem sie der Rechnung folgte, gab ihrem jugendlichen Gesicht etwas sehr Rührendes.

"Also stimmt es?" sagte der Onkel und legte das Geld auf den Tisch.

Sie schien wohl überhaupt keine Ahnung zu haben, zog ihr kleines Täschchen aus dem Kleide, faltete das Papiergeld zusammen und schob es hinein; aber da sie die Noten vielmals biegen mußte, machten sie, so wenig ihrer waren, ein dicken Pack und waren nicht unterzubringen; wie eine Geschwulst saß die entstellte Börse unter dem Rock am Bein.

Jetzt hatte das Fräulein noch eine Frage: "Wann muß ich gehen?"

"Ja," meinte der Onkel, "es wird wohl noch ein paar Tage dauern, bis der Haushalt aufgelöst ist; so lange können Sie gewiß bleiben. Aber Sie können auch früher gehen, wenn Sie wollen, wir brauchen Sie ja nicht mehr."

"Danke," sagte das Fräulein und ging auf sein Zimmerchen.

Die andern waren inzwischen mit der Verteilung schon beim täglichen Gebrauch angelangt. Sie waren wie Wölfe, die einen gefallenen Kameraden auffraßen, und hatten sich schon gegenseitig gereizt, als er fragte, ob man nicht dem Fräulein, das so wenig Geld bekommen habe, wenigstens ein wertvolles Andenken geben solle.

"Wir haben Großmamas großes Gebetbuch dafür bestimmt."

"Nun ja, aber etwas Praktisches würde ihr gewiß mehr Freude machen; was ist denn zum Beispiel mit dem da?" Auf dem Tisch lag ein brauner Pelzkragen, den er hochhob.

"Der ist für Emmi", – Emmi war seine Kusine – "wo denkst du überhaupt hinaus, das ist doch Nerz!"

Er lachte. "Wer sagt, daß man bei armen Mädchen nur der Seele etwas schenken darf? Wollt ihr für knauserig erscheinen?"

"Das laß nur uns über," meinte jetzt seine Mutter, und weil sie ihm nicht ganz unrecht gab, fuhr sie fort: "Du verstehst es doch nicht; sie wird nicht zu kurz kommen!" Und sie nahm generös und ärgerlich einige Taschentücher, Hemden und Beinkleider der alten Frau für das Fräulein auf die Seite, dazu ein schwarzes Kleid, dessen Tuch noch neu war. "So, das ist jetzt wohl genug. Gar so verdient hat sich das Fräulein ja nicht gemacht, und sentimental ist sie auch nicht: Weder als Großmama starb, noch beim Begräbnis hat sie auch nur eine Träne im Auge gehabt! Also gib, bitte, Frieden."

"Es gibt Menschen, die schwer weinen; das ist doch kein Beweis" – antwortete der Sohn, nicht weil es ihn wichtig zu sagen dünkte, sondern weil ihn seine Redegeschicklichkeit reizte.

"Bitte ...!?" sagte die Mutter. "Fühlst du nicht, daß deine Bemerkungen jetzt nicht am Ort sind?"

Er schwieg auf diese Zurechtweisung nicht aus Scheu, sondern weil es ihn plötzlich unbändig freute, daß Tonka nicht geweint hatte. Seine Verwandten sprachen lebhaft durcheinander und er bemerkte, wie gut sie damit ihren Nutzen wahrten. Sie sprachen nicht schön, aber flink, hatten Mut zu ihrem Schwall, und es bekam schließlich jeder, was er wollte. Redenkönnen war nicht ein Mittel der Gedanken, sondern ein Kapital, ein imponierender Schmuck; während er vor dem Tisch mit Gaben stand, fiel ihm der Vers ein: "Ihm schenkte des Gesanges Gabe, der Lieder süßen Mund Apoll", und er bemerkte zum ersten Mal, daß dies wirklich ein Geschenk sei. Wie stumm war Tonka! Sie konnte weder sprechen noch weinen. Ist aber etwas, das weder sprechen kann, noch ausgesprochen wird, das in der Menschheit stumm verschwindet, ein kleiner, eingekratzter Strich in den Tafeln ihrer Geschichte, ist solche Tat, solcher Mensch, solche mitten in einem Sommertag ganz allein niederfallende Schneeflocke Wirklichkeit oder Einbildung, gut, wertlos oder bös? Man fühlt, daß da die Begriffe an eine Grenze kommen, wo sie keinen Halt mehr finden. Und er ging wortlos hinaus, um Tonka zu sagen, daß er für sie sorgen wolle.

Er traf Fräulein Tonka beim Einpacken ihrer Habe. Auf einem Sessel lag eine große Pappschachtel und am Fußboden standen zwei; eine davon war schon mit Bindfaden verschnürt, aber die beiden andern wollten den herumliegenden Reichtum nicht fassen, und das Fräulein studierte und nahm immer wieder ein Stück heraus, um es anderswo hineinzulegen, Strümpfe und Sacktücher, Schnürstiefel und Nähzeug, der Länge und Breite nach versuchte sie es und konnte, so dürftig ihr Besitz war, niemals alles verstauen, denn ihr Reisegepäck war noch dürftiger. Die Tür ihres Zimmerchens stand offen, und er vermochte ihr eine

Weile zuzusehen, ohne daß sie es wußte. Als sie ihn bemerkte, wurde sie rot und stellte sich rasch vor die offenen Schachteln. "Sie wollen uns verlassen?" sagte er und freute sich über ihre Verlegenheit. "Was werden Sie machen?"

"Ich fahre nach Hause zur Tante."

"Wollen Sie dort bleiben?"

Fräulein Tonka zuckte die Achseln. "Ich werde trachten, etwas zu finden."

"Wird Ihre Tante nicht ungehalten sein?"

"Für ein paar Monate hab ich ja mein Auskommen und bis dahin werde ich schon eine Stellung finden."

"Dann geht aber Ihr bißchen Ersparnis verloren."

"Was kann man machen."

"Und wenn Sie so rasch keine Stellung finden?"

"Dann werde ich es eben wieder alle Augenblick auf dem Teller haben."

"Auf dem Teller? Was?"

"Nun eben, daß ich nichts verdiene. Das war schon so, als ich im Geschäft war. Ich hab wenig verdient dort, aber ich konnte nichts machen, und sie hat nie etwas gesagt. Bloß wenn sie zornig war, aber dann jedesmal."

"Und da haben Sie die Stellung bei uns angenommen?"

"Ja."

"Wissen Sie was," sagte er plötzlich, "Sie sollen nicht zu Ihrer Tante zurückgehen. Sie werden etwas finden. Ich – werde dafür sorgen."

Sie sagte nicht ja und nicht nein und nicht danke; aber als er fort war, nahm sie langsam ein Stück ums andere wieder aus den Schachteln heraus und legte es auf seinen Platz zurück. Sie war sehr rot geworden, konnte ihre Gedanken nicht ordnen, schaute oft mit einem Stück in der Hand lange vor sich hin und fühlte: das war jetzt die Liebe. Er sah jedoch, als er in sein Zimmer zurückgekehrt war, noch immer die Tagebuchfragmente von Novalis auf dem Tisch liegen und war über die Verantwortung betreten, die er plötzlich auf sich geladen hatte. Es war unerwartet etwas geschehen, das sein Leben bestimmen würde und ihm doch gar nicht nahe genug ging. Er war vielleicht in diesem Augenblick sogar mißtrauisch, weil Tonka sein Angebot so ohne weiteres angenommen hatte.

Aber da fiel ihm ein: "Wieso kam ich dazu, es ihr anzubieten? Und er wußte das ebensowenig, wie warum sie es annahm. In ihrem Gesicht war die gleiche Ratlosigkeit gewesen wie in seinem. Die Lage war grausam komisch; wie im Traum irgendwo hinaufgestürzt, fand er nicht mehr hinunter. Aber er sprach nochmals mit Tonka. Er wollte nicht unaufrichtig sein. Sprach von Bewegungsfreiheit, Geist, Zielen, Ehrgeiz, Abneigung gegen den Taubenschlag des Idylls, erwarteten bedeutenden Frauen – wie eben ein sehr junger Mann spricht, der viel will und wenig erlebt hat. Als er in Tonkas Augen ein Zucken gewahrte, tat es ihm leid, und er bat, von der entgegengesetzten Angst, ihr wehzutun, befallen: "Verstehen Sie es nicht falsch!"

"Ich verstehe es ja!" war das einzige, was Tonka antwortete.

IV

"Sie ist doch ein ganz einfaches Mädchen", hatte man gesagt, "aus dem Tuchgeschäft." Was heißt das? Auch andere Frauen wissen nichts und haben nichts studiert. Das will etwas hinten ans Kleid heften, ein Zeichen, wo man es nicht entfernen kann. Man muß etwas gelernt haben, muß Grundsätze, muß gesellschaftliche Haltung haben, heißt das, gehalten sein; Mensch ist unzuverlässig. Und wie sahen die aus, die das hatten, die nicht unzuverlässig waren? Er konnte es als möglich zugeben, daß seine Mutter fürchtete, die Leere ihres eigenen Lebens in seinem wiederholt zu sehen; sie hatte nicht stolz genug gewählt; ihr Mann war früher Truppenoffizier gewesen, ein unbedeutender fröhlicher Mann, sein Vater: sie wollte in dem Sohn ihr eigenes Leben verbessern. Sie kämpfte dafür. Er stimmte ihrem Stolz im Grund zu. Warum rührte ihn nicht die Mutter?

Ihr Wesen war Pflicht; ihre Ehe hatte erst einen Inhalt bekommen, als sein Vater erkrankte. Als etwas Soldatisches, eine Wache, die ihren Posten gegen Übermacht verteidigte, stand sie fortan neben dem langsam verblödenden Mann. Bis dahin hatte sie mit Onkel Hyazinth nicht vor noch zurück gekonnt. Er war nicht wirklich ein Verwandter, sondern ein Freund beider Eltern, einer jener Onkel, welche die Kinder vorfinden, wenn sie die Augen aufschlagen; war Oberfinanzrat und nebenher noch ein vielgelesener deutscher Dichter, dessen Erzählungen große Auflagen erreichten. Er brachte der Mutter den Hauch von Geist und Welterfahrenheit, der sie in ihren seelischen Entbehrungen tröstete, war historisch belesen, und seine Gedanken waren daher so beschaffen, daß sie desto größer erschienen, je leerer sie waren, indem sie sich über die Jahrtausende und größten Fragen ausdehnten. Aus Gründen, die dem jüngeren niemals klar geworden waren, hegte dieser Mann seit vielen Jahren eine ausdauernde, bewundernde, selbstlose Liebe zu dessen Mutter; wahrscheinlich weil sie als Offizierstochter von Ehr- und Charaktervorstellungen gehalten und, diese lebhaft ausstrahlend, jene Festigkeit der Grundsätze besaß, die er für die Ideale seiner Bücher brauchte, während ihm dunkel ahnte, daß die Flüssigkeit seiner Rede und Erzählergabe gerade davon kam, daß sie seinem Geist fehlte. Da er das aber naturgemäß nicht als seinen Fehler anerkennen mochte, mußte er es ins Universale, Weltschmerzliche vergrößern und es als Los des reichen Geistes empfinden, solcher Ergänzung durch fremden Starkmut zu bedürfen, so daß es auch für die Frau dabei nicht an schmerzlicher Erhöhung fehlte. Sie maskierten ihr Verhältnis sorgfältig und auch vor sich als geistige Freundschaft, aber es gelang nicht immer, und zuweilen waren sie ganz entsetzt über Hyazinthische Schwächen, die sie in Gefahr brachten und unsicher machten, ob sie nun fallen müßten oder starkmütig zur alten Höhe wieder hinansteigen sollten. Als aber der Gatte erkrankte, war den Seelen der Halt geschenkt, nach dem langend, sie um den einen Zentimeter wuchsen, der zuweilen noch gefehlt hatte. Von da an war die Gattin geschützt durch Pflicht, machte gut durch verdoppelte Pflicht, was etwa noch in Empfindungen gesündigt wurde, und das Denken war durch eine einfache Regel, welche jetzt den Ausschlag gab, vor jenem Schwanken zwischen Verpflichtung zur Größe der Leidenschaft und zur Größe der Treue gesichert, das so besonders unangenehm war.

So sahen also verläßliche Menschen aus, sie zeigten es durch Geist und Charakter. Und mochte in Hyazinths Romanen auch noch so viel Liebe auf den ersten Blick vorkommen, jemand, der ohne weiteres einem Menschen folgte – wie ein Tier, das weiß, wo es trinken darf und wo nicht, – wäre ihnen als ein Wesen erschienen, das sich in einem wilden Urzustand ohne Moral befindet. Der Sohn aber, welcher mit dem tierhaft guten Vater Mitleid fühlte und Hyazinth wie die Mutter gleich der geistigen Pest bei allen kleinenGelegenheiten des Familienlebens bekämpfte, hatte sich durch diese beiden in die entgegengesetzteste Ecke der zeitgemäßen Möglichkeiten treiben lassen. Der vielseitig Begabte studierte Chemie und stellte sich taub gegen alle Fragen, die nicht klar zu lösen sind, ja er war ein fast haßerfüllter Gegner solcher Erörterungen und ein fanatischer Jünger des kühlen, trocken phantastischen, Bogen spannenden neuen Ingenieurgeistes. Er war für Zerstörung der Gefühle, war gegen Gedichte, Güte, Tugend, Einfachheit; Singvögel brauchen einen Ast, auf dem sie sitzen, und der Ast einen Baum, und der Baum braunblöde Erde, er aber flog, er war zwischen den Zeiten in der Luft; hinter dieser Zeit, die ebensoviel zerstört wie aufbaut, wird eine kommen, welche die neuen Voraussetzungen hat, die wir mit solcher Askese schaffen, und dann erst wird man wissen, was wir hätten fühlen sollen – so ungefähr dachte er: einstweilen galt es hart und karg sein wie auf einer Expedition. Es hatte bei solchem Antrieb nicht fehlen können, daß er schon auf der Schule den Lehrern aufgefallen war, er hatte die Ideen neuer Erfindungen gefaßt, sollte sich ihrer Ausbildung nach dem Doktorat noch ein bis zwei Jahre widmen und hoffte, dann mit unaufhaltsamer Sicherheit über jenem strahlenden Horizont aufzusteigen, als den junge Leute die aus Glanz und Ungewißheit gemischte Zukunft vor sich sehen. Tonka liebte er, weil er sie nicht liebte, weil sie seine Seele nicht erregte, sondern glatt wusch wie frisches Wasser; er tat es mehr, als er glaubte, und die zuweilen vorsichtig mit scharfer Spitze tastenden Erkundigungen seiner Mutter, welche eine Gefahr ahnte, die sie nicht zur Rede stellen konnte, weil sie keine Gewißheit besaß, trieben ihn zur Eile. Er legte seine Prüfungen ab und verließ das Elternhaus.

V

Sein Weg führte ihn nach einer deutschen Großstadt. Er hatte Tonka mit sich genommen; es wäre ihm zumut geworden, als würde er sie Feinden ausliefern, wenn er sie in der Stadt ihrer Tante und seiner Mutter zurückgelassen hätte. Tonka schnürte ihre Sachen und verließ die Heimat so herzlos, so selbstverständlich, wie der Wind mit der Sonne wegzieht oder der Regen mit dem Wind.

Sie nahm in der neuen Stadt eine Stellung an, in einem Geschäft. Sie begriff die neue Arbeit rasch und wurde täglich dafür gelobt. Aber warum bekam sie einen unzureichenden Gehalt und bat nie um Erhöhung, obwohl man sie ihr bloß vorenthielt, weil es so eben auch ging? Sie nahm, was ihr fehlte, ohne Bedenken von ihrem Freunde an. Nicht deshalb, sondern weil ihm ihre Bescheidenheit nicht immer paßte, und um sie klüger zu machen, hielt er zuweilen Reden dagegen. "Warum verlangst du nicht, daß er dir eine höher bezahlte Verwendung gibt?!"

"Ich kann nicht."

"Kannst nicht und behauptest, daß überall, wo etwas nicht stimmt, du helfen mußt?"

"Ja."

"Nun, warum dann...?"

Tonka bekam bei solchen Gesprächen einen störrischen Zug. Sie widersprach nicht, aber sie war Überlegungen nicht zugänglich. "Bitte," konnte er sagen, "das ist ein Widerspruch, bitte, du mußt mir jetzt erklären, warum..."; es half nicht. "Tonka, ich werde bös sein, wenn du so bist!"

Dann erst, wenn er solche Peitsche schwang, setzte sich das kleine Eselsgespann der Bescheidenheit und des Trotzes langsam in Bewegung und zog etwas hervor wie zum Beispiel damals, daß sie eine ungelenke Schrift hatte und auch die Rechtschreibung fürchtete, was sie ihm bisher aus Eitelkeit verschwiegen hatte, so daß nun um den lieben Mund die Angst zuckte und sich erst zum Regenbogen eines Lächelns wölbte, als sie fühlte, daß ihr der häßliche Mangel nicht übelgenommen ward.

Im Gegenteil, er liebte solche Fehler wie den Fingernagel, den sie sich bei der Arbeit verunstaltet hatte. Er ließ sie in die Abendschule gehn und freute sich über die lächerliche kaufmännische Schönschrift, die ihr dort anwuchs. Sogar die verbildeten Urteile über das und jenes, die sie von dort nach Hause trug, waren ihm lieb. Sie trug sie gleichsam im Mund nach Hause, ohne sie zu essen; es lag eine edle Natürlichkeit darin, wie hilflos sie in der Abwehr des Wertlosen war, aber ahnend es sich nicht zu eigen machte. Diese Sicherheit, mit der sie alles Rohe, Ungeistige und Unvornehme auch in Verkleidungen ablehnte, ohne sagen zu können warum, war staunenswert, aber ebensosehr fehlte ihr jedes Streben, aus ihrem Kreis in einen höheren zu gelangen; sie blieb wie die Natur rein und unbehauen. Es war gar nicht so einfach, die Einfache zu lieben. Und zuweilen überraschte sie ihn durch Kenntnisse von Gedanken, die ihr ganz fern liegen mußten; selbst von Chemie; wenn er, vom Beruf ausschwingend, mehr monologisierend als für sie etwas erzählte, wußte sie plötzlich dies oder das. Gleich beim erstenmal hatte er sie natürlich erstaunt gefragt. Der Bruder ihrer Mutter, der bei ihnen in dem kleinen Haus hinter dem Bordell gelebt hatte, war Student gewesen. "Und jetzt?" "Er starb gleich nach den Prüfungen." "Und das hast du dir gemerkt?" "Ich bin noch klein gewesen," erzählte Tonka, "aber wenn er gelernt hat, hab ich ihn immer ausfragen müssen. Ich hab kein Wort verstanden, aber er hat mir die Fragen auf einen Zettel geschrieben." – Schluß. Und länger als zehn Jahre war das wie schöne Steine, deren Namen man nicht weiß, in einem Kästchen gelegen! So war es auch jetzt; während er arbeitete, stumm in der Nähe zu sein, war ihr ganzes Glück. Sie war Natur, die sich zum Geist ordnet; nicht Geist werden will, aber ihn liebt und unergründlich sich ihm anschloß wie eins der vielen dem Menschen zugelaufenen Wesen.

Seine Beziehung zu ihr war damals in einer merkwürdigen Spannung gleich weit von Verliebtheit wie Leichtfertigkeit. Eigentlich waren sie schon in der Heimat auffallend lang ohne Verführung miteinander ausgekommen. Sie hatten sich abends gesehen, gingen miteinander spazieren, erzählten sich die wenigen Erlebnisse des Tages mit ihren kleinen Ärgerlichkeiten, und das war so nett, wie Salz und Brot zu essen. Später hatte er freilich ein Zimmer gemietet, aber nur weil es dazu gehört und auch, weil man im Winter nicht stundenlang in den Straßen sein kann. Dort küßten sie sich zum erstenmal. Etwas steif, es war mehr eine Bekräftigung als ein Genuß, und Tonka hatte vor Aufregung ganz rauhe, harte Lippen. Sie hatten damals auch schon davon gesprochen, "sich ganz anzugehören". Das heißt – er hatte gesprochen und Tonka hatte schweigend zugehört. Lächerlich deutlich, wie begangene Dummheiten sich nicht auslöschen lassen, erinnerte er sich seiner sehr jugendlich lehrhaften Ausführungen darüber, daß es so werde kommen müssen, weil dann erst zwei Menschen sich wirklich einander öffnen, und derart zwischen Gefühl und Theorie schwankten sie. Tonka bat bloß einigemal, es noch um einige Tage hinauszuschieben. Bis er beleidigt frug, ob ihr das Opfer zu groß sei? Da setzten sie einen Tag fest!

Und Tonka war gekommen. In ihrem moosgrünen Jäckchen, in dem blauen Hut mit den schwarzen Puffen, die Wangen von dem raschen Gehn in der Abendluft gerötet. Sie deckt den Tisch, sie richtet den Tee. Nur um ein weniges geschäftiger als sonst, und immer bloß die Gegenstände ansehend, mit denen sie es gerade zu tun hat. Und obgleich er während des ganzen Tages ungeduldig gewartet hat, sitzt er eingeklemmt in die eisige Steife der Jugend auf dem Sofa und sieht ihr zu. Er bemerkte, daß Tonka an das Unabwendbare nicht denken wollte, und es tat ihm leid, daß er dafür einen festen Termin gestellt hatte; wie ein Gerichtsvollzieher! Aber es fiel ihm jetzt erst ein, daß er sie hätte überraschen, es ihr hätte abschmeicheln müssen!

Alle Freude war meilenfern; er scheute sich eher, das Frische anzutasten, das ihm jeden Abend, wenn sie sich sahen, wie ein kühler Wind entgegenwehte. Aber einmal mußte es sein, an diese Notwendigkeit klammerte er sich, und während er die unwillkürlichen Bewegungen Tonkas verfolgte, kam es ihm vor, als wäre sein Gedanke wie ein Seil um ihren Knöchel geschlungen, das bei jeder Wendung kürzer wurde.

Nach dem Mahl, das sie fast ohne zu sprechen eingenommen hatten, setzten sie sich zueinander. Er machte einen Versuch zu scherzen, Tonka machte einen Versuch zu lachen. Aber sie verzog dabei den Mund, als ob sich ihre Lippen spannten, und wurde plötzlich wieder ernst.

Unvermittelt sagte er: "Tonka, ist es dir recht? Soll es dabei bleiben?" Tonka senkte den Kopf, und ihm schien, daß etwas über ihre Augen flog, aber sie sagte nicht ja und sie sagte nicht, ich hab dich lieb, und er beugte sich zu ihr und sprach ihr in seiner Verlegenheit leise zu. "Weißt du, es ist am Anfang viel Ungewohntes, vielleicht sogar Nüchternes. Denk dir, wir dürfen doch nicht..., weißt du, es ist doch nicht bloß so... Mach dann die Augen zu. Also...?"

Das Bett war schon aufgeschlagen, und Tonka ging darauf zu, setzte sich aber plötzlich wieder unentschlossen auf den Stuhl daneben.

Er rief sie an: "... Tonka!..." Sie stand wieder auf und mit weggewandtem Gesicht begann sie ihre Kleider zu lösen.

Ein undankbarer Gedanke blieb an diesen süßen Augenblick geheftet.

Schenkte sich Tonka? Er hatte ihr keine Liebe versprochen; warum empörte sie sich nicht gegen einen Zustand, der höchste Hoffnungen ausschloß? Schweigend handelte sie, als würde sie von der Macht des "Herrn" unterjocht; vielleicht würde sie einem andern auch so folgen, der fest will? Aber da stand sie im Ungeschick ihrer ersten Nacktheit; die Haut schloß sich rührend wie ein zu enges Kleid um ihren Körper; sein Fleisch war menschlicher und klüger als das jugendlich überkluge Denken, und Tonka, als ob sie vor ihm flüchten wollte, der in diesem Augenblick auffuhr, schob sich mit einer merkwürdig ungeschickten und ungewohnten Bewegung ins Bett. Er erinnerte sich dann nur noch, daß er im Vorbeigehen empfand, das Vertrauteste sei auf dem Sessel geblieben, mit den Kleidern, die er so gut kannte; als er daran vorbeikam, stieg der liebe, frische Geruch daraus auf, den er immer als das erste empfunden hatte, wenn sie sich sahen; im Bett erwartete ihn das Unbekannte und Fremde. Er hielt noch einmal ein, und Tonka lag im Bett mit geschlossenen Augen und zur Mauer gewandtem Kopf, endlos lang, in fürchterlich einsamer Angst. Als sie ihn endlich neben sich fühlte, waren ihre Augen warm von Tränen. Es kam dann eine neue Welle der Angst, Entsetzen über ihre Undankbarkeit, ein sinnloses, Hilfe suchendes Wort, durch einen endlosen, einsamen Gang hervorstürzend, verwandelte sich in seinen Namen, und dann – war sie sein geworden; er begriff wohl kaum, wie zauberhaft, wie kindlich tapfer sie sich in ihn stahl, welche einfache List sie sich ausgedacht hatte, um auch alles zu besitzen, was sie an ihm bewunderte: man braucht bloß ganz ihm zu gehören und dann gehört man dazu.

Er erinnerte sich später gar nicht mehr, wie das geschehen war.

VI

Denn am Morgen eines einzigen Tages war alles in ein Dornengerank verwandelt worden.

Es waren schon einige Jahre vergangen, seit sie gemeinsam lebten, als Tonka sich eines Tages schwanger fühlte, aber es war nicht ein beliebiger Tag, sondern der Himmel hatte dafür einen Tag ausgesucht, von dem zurückgerechnet die Empfängnis eigentlich in eine Zeit der Abwesenheit und Reisen fiel, und Tonka wollte ihren Zustand erst bemerkt haben, als sein Beginn schon nicht mehr so genau festzustellen war. In solcher Lage gibt es Gedanken, die jedem durch den Kopf fliegen; weit und breit war jedoch kein Mann, der ernsthaft hätte in Zusammenhang gebracht werden können.

Einige Wochen später trat das Schicksal noch deutlicher auf: Tonka erkrankte. Es war eine Krankheit, die entweder vom Kind ins Blut der Mutter getragen wird oder ohne diesen Umweg vom Vater; es war eine entsetzliche, schwere, schleichende Krankheit, aber ob sie den näheren oder weiteren Weg genommen hatte, das Merkwürdige war: die erforderliche Zeit stimmte in beiden Fällen nicht genau. Auch war er ja nach menschlichem Ermessen nicht krank, und es verstrickte ihn also entweder ein mystischer Vorgang mit Tonka oder sie hatte gemeine irdische Schuld auf sich geladen. Es gab freilich auch andere natürliche Möglichkeiten – theoretische, platonische, wie man sagt –, aber praktisch war ihre Wahrscheinlichkeit so gut wie Null; praktisch war die Wahrscheinlichkeit, daß er weder der Vater von Tonkas Kind noch der Urheber ihrer Krankheit war, gleich der Gewißheit.

Man verweile einen Augenblick, um zu verstehen, wie schwer er es begriff. Praktisch! Kommst du zu einem Kaufmann und eröffnest nicht eine Aussicht, die bald seine Begehrlichkeit reizt, sondern hältst ihm eine lange Rede über die Zeiten und das, was ein reicher Mann eigentlich tun müßte, so weiß er, du bist gekommen, um ihm sein Geld zu stehlen. Er wird sich nie irren darin, obgleich du ja auch gekommen sein könntest, um ihm Belehrung zu schenken. Ebenso ist ein Richter nicht einen Augenblick im Zweifel, wenn ihm der Angeklagte erzählt, daß er das bei ihm gefundene Beweisstück von einem "unbekannten Mann" erhalten habe. Und doch wäre einmal ja auch das möglich. Aber Handel und Wandel ruhen darauf, daß man nicht mit allen Möglichkeiten zu rechnen braucht, weil die äußersten praktisch nicht vorkommen. Theoretisch hingegen? Der alte Arzt, zu dem er Tonka anfangs gebracht hatte, nachdem er allein bei ihm zurückgeblieben war, hatte die Achseln gezuckt: Möglich? Gewiß unmöglich nicht – er hatte gute, hilflose Augen, aber er schien sagen zu wollen: Halten wir uns nicht dabei auf, es liegt unter der für menschliches Ermessen nötigen Wahrscheinlichkeit. Auch ein Gelehrter ist ein Mensch, und ehe er etwas annimmt, das medizinisch ganz unwahrscheinlich ist, nimmt er lieber einen menschlichen Fehler als Ursache an; in der Natur sind die Ausnahmen selten.

Es war also das nächste eine Art medizinische Prozeßsucht. Er wurde Gast bei vielen Ärzten. Der zweite Arzt schloß ebenso wie der erste, und der dritte wie der zweite. Er feilschte. Er trachtete Auffassungen medizinischer Schulen gegeneinander auszuspielen. Die Herren hörten ihm schweigend zu oder auch liebevoll lächelnd wie einem Narren und unverbesserlichen Dummkopf. Und natürlich wußte er selbst, während er redete, er hätte ebensogut fragen können: ist eine jungfräuliche Zeugung möglich? Und man hätte ihm nur zu antworten vermocht: sie war noch nie da. Nicht einmal ein Gesetz hätte man angeben können, das sie ausschloß; bloß: sie war noch nie da. Und doch wäre er ein unverbesserlicher Hahnrei, wollte er sich das einbilden!

Vielleicht hatte ihm das auch einer ins Gesicht gesagt, mit dem er sprach, oder es war ihm doch nur selbst durch den Kopf gefahren, es hätte ihm jedenfalls selbst einfallen können. Aber gerade weil man nicht einen Kragenknopf schließen könnte, wollte man zuvor alle möglichen Fingerkombinationen durchdenken, stand während der ganzen Zeit neben der Gewißheit seines Verstandes eine andere Unmittelbarkeit: Tonkas Gesicht. Man geht zwischen Kornfeldern, man fühlt die Luft, die Schwalben fliegen, in der Ferne die Türme der Stadt, Mädchen mit Liedern ... man ist fern aller Wahrheit, man ist in einer Welt, die den Begriff Wahrheit nicht kennt. Tonka war in die Nähe tiefer Märchen gerückt. Das war die Welt des Gesalbten, der Jungfrau und Pontius Pilatus, und die Ärzte sagten, daß Tonka geschont und gepflegt werden müßte, sollte sie ihren Zustand überdauern.

VII

Er versuchte natürlich trotzdem von Zeit zu Zeit, Tonka das Geständnis zu entreißen; dazu war er ja ein Mann und kein Narr. Aber sie ging damals in ein großes häßliches Geschäft, das in einem Arbeiterviertel lag; morgens mußte sie um sieben Uhr dort sein und abends verließ sie es – oft wegen einiger Pfennige, die ein verspäteter Kunde hineintrug – nicht vor halb zehn; sie sah die Sonne nicht, nachts schliefen sie getrennt, und man ließ ihnen keine Zeit für ihre Seele. Sie mußten selbst für dieses dürftige Leben bangen, wenn man die Schwangerschaft merkte, denn sie waren damals schon inGeldverlegenheit geraten; er hatte die Mittel für seine Studien verbraucht und Geld zu verdienen war er nicht imstande; es ist das am Anfang einer wissenschaftlichen Laufbahn besonders schwer, und er war der Lösung seiner Aufgabe, ohne sie schon erreicht zu haben, so nahe gekommen, daß er aller Kraft für das letzte Erreichen bedurfte. Tonka war bei diesem Leben ohne Licht und voll Sorgen hingewelkt und sie verblühte natürlich nicht schön wie manche Frauen, die Berauschendes ausströmen, wenn sie verfallen, sondern sie welkte unscheinbar wie ein kleines Küchenkraut, das gilbt und häßlich wird, sobald die Frische seines Grüns verloren ist. Ihre Wangen blaßten und fielen ein, dadurch sprang die Nase groß aus dem Gesicht, der Mund erschien breit und sogar die Ohren standen etwas weg; auch der Körper magerte ab, und wo früher biegsame Fülle des Fleisches gewesen war, blickte jetzt ein ländlicher Knochenbau durch. Er, dessen wohlerzogenes Gesicht dem Kummer besser widerstand und dessen Vorrat an guten Kleidern länger vorhielt, merkte, wenn er mit ihr ausging, den erstaunten Blick manches Vorübereilenden. Und weil er nicht ohne Eitelkeit war, brachte es ihn gegen Tonka auf, daß er ihr keine schönen Kleider kaufen konnte; er war wegen ihrer Dürftigkeit, an der er die Schuld trug, böse auf sie, aber wahrhaftig, er hätte ihr, wenn er gekonnt hätte, zuvor schöne wolkige Umstandskleider geschenkt und sie dann erst zur Rede gestellt wegen ihrer Untreue. Sobald er versuchte, ihr das Geständnis zu entreißen, leugnete Tonka. Sie wußte nicht, wie es gekommen war. Wenn er um ihrer alten Freundschaft willen bat, ihn doch nicht zu belügen, trat ein gequälter Zug in ihr Gesicht, und wenn er heftig wurde, sagte sie bloß, sie lüge nicht, und was sollte man da noch tun? Hätte er sie prügeln und beschimpfen sollen oder sie in ihrer furchtbaren Lage verlassen? Er schlief nicht mehr bei ihr, aber auf die Folter gelegt, hätte sie nichts bekannt, schon deshalb nicht, weil sie kein Wort über die Lippen brachte, seit sie sein Mißtrauen merkte, und dieser törichte Eigensinn war, seit seine Einsamkeit nicht mehr durch Liebreiz gemildert wurde, erst recht entwaffnend. Er mußte zäh und lauernd sein.

Er hatte sich entschlossen, seine Mutter um Geldhilfe zu bitten. Aber der Vater lag seit langem zwischen Leben und Sterben, und alles verfügbare Geld war dadurch gebunden; er konnte es nicht prüfen, wenn er auch wußte, daß seine Mutter sich vor der Möglichkeit ängstigte, er könnte mit der Zeit Tonka heiraten wollen. Ja, sie ängstigte sich schon davor, daß andere Heiraten niemals zustandekommen würden, weil Tonka dazwischen war; und als alles sich dehnte, die Studien, der Erfolg, die Krankheit des Vaters und die Sorgen im Haushalt, war näher oder ferner daran Tonka schuld, die nicht bloß als die erste Ursache unseliger Verkettungen empfunden wurde, sondern geradezu als ein böses Zeichen, das Unglück vorbedeutete, indem zum erstenmal durch sie der gewöhnliche Ablauf des Lebens gestört worden war. In Briefen und bei Besuchen im Elternhaus war diese unklare Überzeugung durchgebrochen, die im Grunde aus nichts bestand als der Ahnung eines Familienmakels, weil der Sohn "von so einem Mädchen" sich tiefer binden ließ, als es sonst bei jungen Männern üblich ist. Hyazinth mußte warnen, und als der Junge, betroffen von diesem uneingestandenen Aberglauben und an seine eigenen unvernünftigen, schmerzlichen Erlebnisse erinnert, heftig ablehnte, war Tonka ein "pflichtvergessenes Mädchen" genannt worden, das den Frieden einer Familie nicht achtete, und linkische Anspielungen auf "sinnliche Künste", mit denen sie ihn "in Banden halte", kamen mit der ganzen Lebensunerfahrenheit der anständigen Mütter zutage. – Sie hatten auch jetzt durch die Antwort geblickt, die er erhielt, als ob jeder Pfennig, solange er ihn mit Tonka verband, nur seinem Unglück dienen würde. Da entschloß er sich, noch einmal zu schreiben und sich als Vater von Tonkas Kind zu bekennen.

Als Antwort kam seine Mutter selbst.

Sie kam, "um die Verhältnisse zu ordnen".

Sie betrat nicht seine Wohnung, als müßte sie fürchten, dort auf Unerträgliches zu stoßen, und beschied ihn ins Hotel. Eine leichte Verlegenheit hatte sie mit Pflichtbewußtsein abgeschüttelt und sprach von der großen Sorge, die er ihnen bereite, von der Gefahr für das Leiden seines Vaters und von Fesseln fürs Leben; ungeschickt durchtrieben zog sie alle Bälge des Gemüts, aber ein Ton der Nachsicht, der dabei nicht von den Worten wich, bewahrte ihr die mißtrauische Neugierde ihres von der durchschauten Herzenslist gelangweilten Zuhörers. "Denn", sagte sie, "es könnte dieser Unglücksfall ja geradezu noch zum Glück ausschlagen, und man wäre dann" – sagte sie – "mit dem Schreck davongekommen: es gelte nur, die Zukunft vor der Wiederkehr solcher Ereignisse zu schützen!" Sie habe deshalb den Vater trotz aller Schwierigkeiten bewogen, eine gewisse Summe zu opfern. Man werde damit, eröffnete sie wie eine große Güte, das Mädchen samt den Ansprüchen des Kindes abfinden. Zu ihrer eigenen Überraschung fragte ihr Sohn ruhig nach der Höhe des Angebots, hörte es sich an, schüttelte dann noch ruhiger den Kopf und sagte bloß: "Es geht nicht."

Von Hoffnung befeuert, erwiderte sie: "Es muß gehen! Sei nicht verblendet; viele junge Leute machen ähnliche Dummheiten, aber sie lassen es sich gesagt sein. Es ist gerade jetzt eine gute Gelegenheit, dich frei zu machen, lasse sie nicht aus falschem Ehrgefühl ungenützt, du schuldest es dir und uns!"

"Wieso eine gute Gelegenheit?"

"Gewiß. Das Mädchen wird vernünftiger sein als du; es wird wissen, daß man solche Verhältnisse immer löst, wenn ein Kind da ist."

Da verschob er die Antwort auf den nächsten Tag. Es hatte etwas in ihm gezündet. Seine Mutter, die Ärzte mit dem Lächeln der Vernunft, das glatte Laufen der Untergrundbahn am Weg zu Tonka, der Schutzmann mit den festen, das Chaos regelnden Gebärden, der donnernde Wasserfall der Stadt: das war alles eins; er stand in dem einsamen Hohlraum darunter – unbenetzt, aber abgeschnitten. Er fragte Tonka, ob sie es tun würde.

Tonka sagte: Ja. Fürchterlich zweideutig war dieses Ja. So vernünftig, wie die Mutter es vorausgesagt hatte, aber um den Mund, der es sprach, zuckte die Verwirrung. Da sagte er seiner Mutter ungefragt am nächsten Tag ins Gesicht, daß er vielleicht gar nicht der Vater von Tonkas Kind sei, daß Tonka krank sei, aber daß er sich trotzdem eher selbst für krank und den Vater halten wolle, als Tonka verlassen. Es lächelte seine Mutter machtlos vor so viel Verblendung, sah ihn zärtlich an und ging. Er wußte, sie hatte nun den großen Schwung erhalten, ihr Fleisch und Blut vor dem Makel zu schützen, und ein mächtiger Feind war ihm verbündet.

VIII

Endlich verlor Tonka ihre Stellung; es hatte ihn fast schon beunruhigt, daß dieses Unglück solang nicht gekommen war. Der Geschäftsmann, bei dem Tonka diente, war ein kleiner, häßlicher Mensch, aber in ihrer Not war er ihnen wie eine übermenschliche Macht erschienen. Wochenlang hatten sie beratschlagt; er muß alles schon wissen, aber er ist doch ein anständiger Kerl, der nicht eigens noch stößt, wenn eins im Unglück ist; dann wieder: er merkt es nicht; Gott sei Dank, er hat es überhaupt noch nicht bemerkt! Aber eines Tages wurde Tonka ins Kontor gerufen und rund heraus gefragt, wie es mit ihr stünde. Sie brachte keine Antwort hervor, bloß die Tränen traten ihr in die Augen. Und den vernünftigen Mann rührte es nicht, daß sie nicht sprechen konnte; er zahlte ihr den Gehalt für einen Monat aus und entließ sie auf der Stelle. So böse war er geworden, daß er donnerte, er sei jetzt verlegen um einen Ersatz, und es sei Betrug von Tonka gewesen, ihren Zustand zu verheimlichen, als sie die Stellung annahm; nicht einmal das Kontorfräulein schickte er hinaus, als er ihr das sagte. Tonka kam sich danach sehr schlecht vor, aber auch er bewunderte heimlich diesen schäbigen, kleinen, namenlosen Kaufmann, der nicht eine Minute lang geschwankt hatte, seinem Geschäftswillen Tonka zu opfern, und mit ihr ihre Tränen, ein Kind und weiß Gott welche Erfindungen, welche Seelen, welches Menschenschicksal, denn das alles wußte er ja nicht und fragte nicht danach.

Sie mußten jetzt in kleinen Speisewirtschaften essen, für wenige Pfennige zwischen Schmutz und Grobheit eine Kost, die er nicht vertrug. Er holte Tonka zu diesen Mahlzeiten ab, pünktlich, in Erfüllung einer Pflicht. Er machte eine sonderbare Figur in seinen vornehmen Kleidern zwischen den Gehilfen und Geschäftsdienern, ernst, schweigsam, treu zur Seite seiner schwangeren Gefährtin und unzertrennlich. Viele spöttische Blicke flogen ihm zu, und manche anerkennende, die nicht weniger brannten. Es war ein seltsames Wandeln, mit seiner Erfindung im Kopf und der Überzeugung von Tonkas Untreue, zwischen dem groben Menschenschotter der Großstadt. Er hatte noch nie so stark wie jetzt die Gemeinbürgschaft der Welt empfunden; wo er nur über Straßen ging, jagte und jappte es wie eine Meute lärmender Hunde; jeder voll Einzelgier, aber doch alle ein Rudel, und bloß er hatte keinen, den er um Unterstützung bitten oder dem er auch nur sein Schicksal hätte erzählen können; er hatte nie Zeit für Freunde gehabt, wohl auch keinen Geschmack an ihnen oder keinen Reiz für sie: er war belastet von seinen Ideen, und das ist ein lebensgefährliches Gewicht, solange die Menschen noch nicht ausgespürt haben, daß sie ihre Vorteile daraus münzen können. Er wußte nicht einmal eine Richtung, in der er nach Hilfe hätte suchen können; er war fremd. Und wer war Tonka? Geist von seinem Geiste? Nein, in zeichenhafter Übereinstimmung war sie ein fremdes Geschöpf mit seinem verhohlenen Geheimnis, das sich ihm zugesellt hatte!

Ein kleiner Spalt mit fernem Schimmer war offen, seine Gedanken begannen die Richtung hin zu nehmen. Er arbeitete an einer Erfindung, deren Bedeutung schließlich auch für die andern groß sein würde, und da war es sicher, daß außer dem Denken noch etwas dabei war, ein Mut, eine Zuversicht und Ahnung, die nie trogen, ein gesunder Lebenssinn, der ein Stern war, dem er folgte. Da ging auch er nur den größeren Wahrscheinlichkeiten nach, und stets fand sich bei einer von ihnen das Rechte; er vertraute, alles wird schon so sein, wie es immer ist, um auf das eine zu kommen, dessen Anderssein er entdecken wollte, und hätte er jeden möglichen Zweifel so prüfen wollen, wie er mit Tonka tat, so wäre er niemals zum Ende gekommen: Denken heißt, nicht zuviel denken, und ohne etwas Verzicht auf das Grenzenlose der Erfindungsgabe läßt sich keine Erfindung machen. Diese eine Hälfte seines Lebens schien unter dem Stern zu stehen, der unbeweisbares Glück oder ein Geheimnis war. Und die andere war unerleuchtet. Er spielte jetzt mit Tonka in der Pferdelotterie. Die Ziehungsliste erschien, er hatte Tonka erwartet, unterwegs wollten sie das Verzeichnis kaufen und lesen. Es handelte sich um eine elende Pferdelotterie mit einem Haupttreffer von wenigen tausend Mark; aber das machte nichts, er hätte für die nächste Zukunft sorgen können. Und wenn es nur ein paar hundert Mark gewesen wären, so hätte er Tonka das Nötigste an Kleidern und Wäsche kaufen oder sie aus ihrer ungesunden Mansarde befreien können. Und wären es nur zwanzig Mark gewesen, so würde das eine Ermunterung sein, und er hätte neue Lose gekauft. Ja selbst wenn sie nur fünf Mark gewonnen hätten, so wäre dies ein Zeichen gewesen, daß der Versuch, wieder Anschluß an das Leben zu gewinnen, in unbekannten Gegenden wohlgelitten war.

Aber alle drei Lose waren Nieten. Natürlich hatte er sie da nur zum Scherz gekauft, und schon als er auf Tonka wartete, war eine Leere in ihm, die einen Fehlschlag ankündigte; aber wahrscheinlich hatte er doch zwischen Wünschen und Hoffnungslosigkeit geschwankt, oder geschah es, weil selbst zwanzig Pfennige für eine nutzlose Liste in seinem Zustand einen Verlust bedeuteten: er empfand plötzlich, daß es eine unsichtbare Macht gab, die ihm übel wollte, und fühlte sich von Feindseligkeit umgeben.

Er wurde in der Folge recht abergläubisch; der Mensch in ihm, der abends Tonka abholte, wurde es, während der andere wie ein Gelehrter arbeitete. Er besaß zwei Ringe, die er aber nur abwechselnd trug. Beide waren kostbar, aber der eine war edel und alt, während der andere ein Geschenk seiner Eltern war, das er nie sehr in Ehren gehalten hatte. Da bemerkte er, daß er an den Tagen, wo er den neuen Ring trug, der nichts als ein teurer Allerweltsring war, vor neuen Verschlimmerungen seiner Lage eher bewahrt blieb als an den Tagen, wo er den edlen trug, und von da an traute er sich nicht mehr, diesen an den Finger zu stecken, sondern trug den andern wie ein auferlegtes Joch. Auch als er sich eines Tages zufällig nicht rasierte, hatte er Glück; als er es am nächsten Tage tat, obgleich ihn die Beobachtung gewarnt hatte, strafte ein neues seiner kleinen niedrigen Unglücke – die nur in seiner Lage Unglück statt Lächerlichkeit waren – den Verstoß: von da an konnte er sich nicht entschließen, seinem Bart etwas zu tun; er wuchs, wurde bloß sorgfältig spitz geschnitten, und er trug ihn während aller traurigen Wochen, die noch kamen. Dieser Bart entstellte ihn, aber er war wie Tonka: je häßlicher, desto ängstlicher behütet. Vielleicht wurde sein Gefühl für sie desto zärtlicher, je tiefer es enttäuscht war, denn es war innerlich ein so guter Bart, weil er äußerlich so häßlich war. Tonka mochte den Bart nicht und verstand ihn nicht. Er hätte ohne sie gar nicht gewußt, wie häßlich dieser Bart war, denn man weiß von sich so wenig, wenn man nicht andere hat, in denen man sich spiegelt. Und da man nichts weiß, wünschte er Tonka vielleicht zuweilen tot, damit dieses unerträgliche Leben ein Ende finde, und mochte den Bart bloß deshalb, weil er alles verstellte und verbarg.

IX

Zuweilen überfiel er sie noch immer aus dem Hinterhalt mit einer geheuchelt arglosen Frage, auf deren glattem Klang ihre Vorsicht ausgleiten sollte. Häufiger aber überfiel es ihn. "Es ist ja ganz unsinnig, die Tatsache zu leugnen, also sag mir nur, damit wieder Aufrichtigkeit zwischen uns ist, wie konnte es geschehen?" fragte er einflüsternd. Aber sie hatte immer die eine Antwort: schick mich fort, wenn du mir nicht glauben willst; und das war gewiß ein Mißbrauch ihrer Schutzlosigkeit, aber es war ebenso gewiß auch die allerwahrste Antwort, denn mit medizinischen und philosophischen Gründen konnte sie sich nicht verteidigen und vermochte für die Wahrheit ihrer Worte nur mit der Wahrheit ihrer Person einzustehn.

Dann begleitete er sie bei ihren Ausgängen, weil er sich nicht traute, sie allein zu lassen; er fürchtete nicht etwas Bestimmtes, aber es beunruhigte ihn, sie allein in den weiten, fremden Straßen zu wissen. Und wenn er sie abends irgendwo abholte, und sie gingen, und im Halbdunkel begegnete ihnen ein Mann, der nicht grüßte, so kam es vor, daß er bekannt erschien, und Tonka wurde scheinbar rot, und mit einemmal war die Erinnerung da, daß sie sich früher einmal bei irgendeiner Gelegenheit in seiner Gesellschaft befunden hatten, und zugleich war auch – mit der gleichen Gewißheit, wie sie Tonkas unschuldigem Gesicht zukam – die Überzeugung da: dieser war es! Einmal schien es ein wohlhabender Volontär aus einem Exportgeschäft zu sein, den sie flüchtig gekannt hatten, und ein andermal ein Tenor aus einem Chantant, der die Stimme verloren hatte und bei der gleichen Wirtin wohnte wie Tonka. Stets waren es solche lächerlich ferne Gestalten, die wie ein verschnürtes schmutziges Paket in die Erinnerung geworfen wurden, das die Wahrheit enthielt und beim ersten Versuch es aufzuschnüren nichts als den Staubhaufen quälender Ohnmacht hinterließ.

Diese Gewißheiten über Tonkas Untreue hatten etwas von Träumen. Tonka ertrug sie mit ihrer rührenden, wortlos zärtlichen Demut: aber was konnte diese nicht alles bedeuten!? Und wenn man dann alle Erinnerungen durchging, wie waren alle zweideutig! Die einfache Art zum Beispiel, wie sie ihm zugelaufen war, konnte Gleichgültigkeit sein oder Sicherheit des Herzens. Wie sie ihm diente, war Trägheit oder Seligkeit. War sie anhänglich wie ein Hund, so mochte sie auch jedem Herrn folgen wie ein Hund! Das hatte er doch gleich in jener ersten Nacht empfunden, und war es auch ihre erste Nacht? Er hatte nur auf die seelischen Zeichen geachtet und keinesfalls waren die körperlichen sehr merklich gewesen. Jetzt war es zu spät. Ihr Schweigen war jetzt über alles gebreitet und vermochte Unschuld oder Verstocktheit zu sein, ebensogut List und Leid, Reue, Angst; aber auch Scham für ihn. Doch hätte es ihm nicht geholfen, wenn er auch alles noch einmal hätte erleben können. Mißtraue einem Menschen, und die deutlichsten Anzeichen der Treue werden geradezu Zeichen der Untreue sein, traue ihm, und handgreifliche Beweise der Untreue werden zu Zeichen einer verkannten, wie ein von den Erwachsenen ausgesperrtes Kind weinenden Treue. Es war nichts für sich zu deuten, eines hing von dem andern ab, man mußte dem Ganzen trauen oder mißtrauen, es lieben oder für Trug halten, und Tonka kennen, hieß in einer bestimmten Weise auf sie antworten müssen, ihr entgegenrufen, wer sie sei; es hing fast nur von ihm ab, was sie war. Tonka verwirrte sich dann sanft blendend wie ein Märchen. Und er schrieb an seine Mutter: Ihre Beine sind vom Boden bis zu den Knien so lang wie von den Knien nach oben, und überhaupt sind sie lang und können gehen wie Zwillinge, ohne zu ermüden. Ihre Haut ist nicht fein, aber sie ist weiß und ohne Makel. Ihre Brüste sind fast ein wenig zu schwer, und unter den Armen trägt sie dunkle, zottige Haare; das sieht an dem schlanken, weißen Körper lieblich zum Schämen aus. An den Ohren hängt ihr Haar in Strähnen herab, und zuweilen glaubt sie es brennen und hoch frisieren zu müssen; dann sieht sie wie ein Dienstmädchen aus, und das ist gewiß das einzig Böse, was sie in ihrem Leben getan hat...

Oder er antwortete seiner Mutter: Zwischen Ancona und Fiume oder wohl auch zwischen Middelkerke und einer unbekannten Stadt steht ein Leuchtturm, dessen Licht allnächtlich wie ein Fächerschlag übers Meer blinkt; wie ein Fächerschlag, und dann ist nichts, und dann ist wieder etwas. Und im Vennatal auf den Wiesen steht Edelweiß. Ist das Geographie oder Botanik oder Nautik? Das ist ein Gesicht, das ist etwas, das da ist, einzig und allein und ewig da ist, und deshalb gleichsam nicht da ist. Oder was ist das? Er schickte diese unsinnigen Antworten natürlich niemals ab.

X

Etwas Ungreifbares fehlte, um die Überzeugung zur Überzeugung zu machen.

Er war einmal nachts mit der Mutter und Hyazinth gereist, und so um zwei Uhr, in der rücksichtslosen Müdigkeit, wenn die Körper im Eisenbahnzug schwanken und nach Unterstützung suchen, schien es ihm, daß seine Mutter sich an Hyazinth lehnte, voll Einverständnis, und Hyazinth faßte ihre Hand. Seine Augen waren weit geworden vom Zorn damals, denn sein Vater tat ihm leid; aber als er sich vorbeugte, saß Hyazinth allein und seine Mutter hatte den Kopf zu der von ihm abgewandten Seite geneigt. Und nach einer Weile, als er sich wieder zurückgelehnt hatte, wiederholte sich das Ganze. So groß war die durch das ungenaue Sehen hervorgerufene Qual oder so ungenau durch die Qual in der Dunkelheit das Sehen. Er sagte sich schließlich, daß er nun doch überzeugt sei, und nahm sich vor, seine Mutter am Morgen zur Rede zu stellen; aber als der Tag schien, war das verflogen wie die Dunkelheit. Und ein anderes Mal war die Mutter auf einer Reise unwohl geworden, und Hyazinth, der an ihrer Statt dem Vater schreiben mußte, fragte unlustig: was soll ich denn schreiben? – er, welcher der Mutter bogenlange Episteln bei jeder Trennung schrieb! –: da gab es Zank, denn der Junge war wieder böse geworden, das Unwohlsein seiner Mutter verschlimmerte sich, schien gefährlich zu werden, man mußte helfen, Hyazinths Hände kreuzten dabei immerzu die Wege der seinen, und immerzu stieß er sie weg. Solange, bis Hyazinth fast traurig fragte: "Warum stößt du mich denn fortwährend weg?" Da war er über den Ton des Unglücks in dieser Stimme erschrocken. So wenig weiß man, was man weiß, und will man, was man will.

Das kann man begreifen; jedoch er vermochte in seinem Zimmer zu sitzen, von Eifersucht gequält zu sein und sich zu sagen, daß er gar nicht eifersüchtig war, sondern etwas anderes, Entlegenes, merkwürdig Erfundenes; er, dessen eigene Gefühle das waren. Wenn er aufsah, fehlte nichts. Die Tapete des Zimmers war grün und grau. Die Türen waren rötlich braun und voll still spiegelnder Lichter. Die Angeln der Türen waren dunkel und aus Kupfer. Ein weinroter Samtstuhl stand im Zimmer und hatte eine braune Mahagonirahmung. Aber alle diese Dinge hatten etwas Schiefes, Vornübergeneigtes, fast Fallendes in ihrer Aufrechtheit, sie erschienen ihm unendlich und sinnlos. Er drückte seine Augen, sah umher, aber es waren nicht die Augen. Es waren die Dinge. Von ihnen galt, daß der Glaube an sie früher da sein mußte als sie selbst; wenn man die Welt nicht mit den Augen der Welt ansieht und sie schon im Blick hat, so zerfällt sie in sinnlose Einzelheiten, die so traurig getrennt voneinander leben wie die Sterne in der Nacht. Er brauchte nur zum Fenster hinauszusehen, so schob sich plötzlich in die Welt eines unten wartenden Droschkenkutschers die eines vorübergehenden Beamten und es entstand etwas Aufgeschnittenes, ein ekelhaftes Durcheinander, Ineinander und Nebeneinander auf der Straße, ein Wirrwarr von bahnenziehenden Mittelpunkten, um deren jeden ein Kreis von Weltgefallen und Selbstvertrauen lag, und das alles waren Hilfen, um aufrecht durch eine Welt zu gehen, der das Oben und Unten fehlte. Wollen, Wissen und Fühlen sind wie ein Knäuel verschlungen; man merkt es erst, wenn man das Fadenende verliert; aber vielleicht kann man anders durch die Welt gehen als am Faden der Wahrheit? In solchen Augenblicken, wo ihn von allen ein Firnis der Kälte trennte, war Tonka mehr als ein Mädchen, da war sie fast eine Sendung.

Er sagte sich: entweder muß ich Tonka zur Frau nehmen oder sie und diese Gedanken verlassen.

Aber niemand wird es ihm übelnehmen, daß er aus solchen Gründen weder das eine noch das andere tat. Denn alle solche Gedanken oder Eindrücke mögen ja ihre Berechtigung haben, doch zweifelt heute niemand, daß sie zur Hälfte nur Gespinst sind. Also dachte er sie und dachte sie nicht ganz ernst. Er kam sich wohl manchmal wie geprüft vor, aber wenn er erwachte und zu sich wieder wie zu einem Manne sprach, mußte er sich sagen, daß solche Prüfung doch nur in der Frage bestand, ob er gegen die neunundneunzig Prozent Wahrscheinlichkeit, daß er betrogen worden und ein Dummkopf sei, gewaltsam am Tonka glauben wolle. Allerdings hatte diese beschämende Möglichkeit schon viel von ihrer Wichtigkeit verloren.

XI

Es war merkwürdigerweise eine Zeit großer wissenschaftlicher Erfolge für ihn. Er hatte seine Aufgabe in den Hauptzügen gelöst und bald mußten sich auch die Folgen zeigen. Schon fanden Menschen zu ihm den Weg. Sie brachten ihm Herzenssicherheit, wenn sie auch von Chemie sprachen. Sie glaubten alle an die Wahrscheinlichkeit seines Erfolges; neunundneunzig Prozent betrug sie schon! Und er betäubte sich mit Arbeit.

Aber während seine bürgerliche Person sich festigte und gleichsam in einen Reifezustand der Weltlichkeit eintrat, liefen seine Gedanken, sobald er von der Arbeit abließ, nicht mehr in festen Bahnen, sondern es brauchte in ihm bloß Tonkas Dasein anzuklingen, und ein Leben von Figuren begann, die einander ablösten, ohne ihren Sinn zu verraten, wie Unbekannte, die sich täglich auf dem gleichen Wege begegnen. Da war der Kommis-Tenor, den er einmal im Verdacht der Untreue gehabt hatte, und alle, an die sich je eine Gewißheit knüpfte. Sie taten nicht viel, sie waren bloß da; oder wenn sie selbst das Fürchterlichste taten, bedeutete es nicht viel; und weil sie manchmal zwei oder noch mehr in einer Person waren, konnte man gar nicht einfach eifersüchtig sein, sondern es wurden diese Geschehnisse so durchsichtig wie klarste Luft und noch klarer bis zu einer jeder Selbstsucht ledigen Freiheit und Leere, unter deren unbeweglichen Kuppel die Zufälle des Weltlebens sich winzig abspielten. Und oft wurden das Träume oder vielleicht waren es ursprünglich Träume gewesen, über deren blasse Schattenwelt er unmittelbar aufstieg, wenn die Schwere der Arbeit sich löste, als sollte er gewarnt sein, daß diese Arbeit nicht sein eigentliches Leben war.

Diese wirklichen Träume lagen auf einer tieferen Stufe als sein Wachen; sie waren warm wie niedrige bunte Stuben. In ihnen wurde Tonka von der Tante herzlos gescholten, weil sie bei Großmamas Begräbnis nicht geweint hatte, oder es bekannte ein häßlicher Mensch, der Vater von Tonkas Kind zu sein, und sie, fragend angeblickt, leugnete zum ersten Mal nicht, sondern stand mit einem unendlichen Lächeln reglos da; das war in einem Zimmer mit grünen Pflanzen geschehen, das rote Teppiche hatte und blaue Sterne an den Wänden, und als er nach der Unendlichkeit aufsah, waren die Teppiche grün, die Pflanzen hatten große rubinrote Blätter, die Wände schimmerten gelb wie die sanfte Haut eines Menschen, und Tonka stand klarblau wie Mondlicht auf ihrem Platz. Er flüchtete beinahe in diese Träume wie in ein einfaches Glück; vielleicht waren sie nichts als Feigheit, sie sagten wohl nur, Tonka sollte gestehen, und alles wäre gut; er wurde durch ihre Häufigkeit sehr verwirrt, aber sie hatten nicht die unerträgliche Spannung des Halbwachens, die immer höher hinausführen wollte.

In diesen Träumen war Tonka immer groß wie die Liebe und nicht mehr das kleine mitgenommene Geschäftsmädchen, das sie war, aber sie sah stets auch anders aus. Sie war zuweilen ihre eigene jüngere Schwester, die es niemals gegeben hatte, und oft war sie bloß ein Rauschen von Röcken, der Klang und Fall einer andern Stimme, die fremdeste und überraschendste Bewegung, der ganze berauschende Reiz unbekannter Abenteuer, die in einer nur im Traum möglichen Weise von der warmen Vertrautheit ihres Namens ihm zugeführt wurden und eine mühelose Seligkeit des Vorbesitzes schon in dem Augenblick spendeten, wo sie noch ganz Spannung des Unerreichten waren. Eine scheinbar ungebundene, noch wesenlose Zuneigung und übermenschliche Innigkeit trat mit diesen Doppelbildern in ihm auf, aber es war nicht zu sagen, ob sie sich darin von Tonka lösen oder erst mit ihr verbinden wollte. Wenn er darüber nachsann, erriet er, daß diese rätselhafte Übertragungsfähigkeit und Unabhängigkeit der Liebe sich auch im Wachen zeigen müsse. Nicht die Geliebte ist der Ursprung der scheinbar durch sie erregten Gefühle, sondern diese werden wie ein Licht hinter sie gestellt; aber während im Traum noch ein feiner Riß besteht, an dem sich die Liebe von der Geliebten abhebt, ist er im Wachen verwachsen, als würde man bloß das Opfer eines Doppelgänger-Spiels und von irgend etwas gezwungen, einen Menschen für herrlich zu halten, der es nimmer ist. Er brachte es nicht über sich, das Licht hinter Tonka zu stellen.

Aber es mußte damit zu tun haben und etwas Besonderes bedeuten, wie oft er an Pferde dachte. Das war vielleicht Tonka und die Pferdelotterie mit den Nieten, oder es war seine Kindheit, denn darin kamen schöne braune und gescheckte Pferde vor, in schweren, mit Messing und Fellen beschlagenen Geschirren. Und manchmal glühte plötzlich das Kinderherz in ihm auf, für das Großmut, Güte und Glauben noch nicht Pflichten sind, um die man sich nicht kümmert, sondern Ritter in einem Zaubergarten der Abenteuer und Befreiungen. Es war aber vielleicht bloß das letzte Aufleuchten vor dem letzten Verlöschen und der Reiz einer Narbe, die sich bildete.

Denn die Pferde zogen immer Holz, und die Brücke unter ihren Hufen gab einen dunklen Holzlaut, und die Knechte trugen kurze, violett und braun gewürfelte Jacken. Sie nahmen alle den Hut vor einem großen Kreuz ab mit einem blechernen Christus, das in der Mitte der Brücke stand, nur ein kleiner Bub, der im Winter bei der Brücke zuschaute, hatte den seinen nicht ziehen wollen, denn er war schon klug und glaubte nicht. Da konnte er plötzlich seinen Rock nicht zuknöpfen; er konnte es nicht. Der Frost hatte seine Fingerlein gelähmt, sie faßten einen Knopf und zogen ihn mit Mühe heran, aber so wie sie ihn in das

Knopfloch schieben wollten, war er wieder auf seinen alten Platz zurückgesprungen, und die Finger blieben hilflos und verdutzt. Sooft sie es auch versuchten, endeten sie in einer steifen Verwirrung.

Diese Erinnerung war es nämlich, welche ihm besonders oft einfiel.

XII

Zwischen diesen Unsicherheiten schritt die Schwangerschaft fort und zeigte, was Wirklichkeit ist.

Es kam der beladene Gang, der Tonka eines stützenden Armes bedürftig erscheinen ließ, der schwere Leib, der geheimnisvoll warm war, die Art des sich Niedersetzens, mit offenen Beinen, unbeholfen und rührend häßlich; alle Wandlungen des wunderbaren Vorgangs kamen, der, ohne zu zögern, den Mädchenkörper umformte zur Samenkapsel, alle Abmessungen veränderte, die Hüften breit machte und hinunterrückte, den Knien die scharfe Form nahm, den Hals kräftiger, die Brüste zum Euter machte, die Haut des Bauches mit feinen roten und blauen Adern durchzog, so daß man darüber erschrak, wie nah der Außenwelt das Blut kreiste, als ob das den Tod bedeuten könnte. Nichts als Unform war durch neue Form ebenso gewaltsam wie duldend zusammengehalten, und das gestörte menschliche Maß spiegelte sich auch im Ausdruck der Augen wider; sie blickten etwas blöd, sie hafteten lange auf den Gegenständen und lösten sich nur schwerfällig von ihnen los. Auch an ihm hafteten Tonkas Augen oft lange. Sie besorgte wieder seine kleinen Angelegenheiten und diente ihm mühevoll, als wollte sie ihm noch zuletzt beweisen, daß sie nur für ihn lebte; nicht ein Funke Scham über ihre Häßlichkeit und Entstellung war in ihren Augen, nur der Wunsch, mit ihren plumpen Bewegungen recht viel für ihn zu tun.

Sie waren jetzt beinahe wieder so oft beisammen wie früher. Sie sprachen nicht viel, aber sie blieben einer in des andern Nähe, denn die Schwangerschaft rückte vor wie ein Zeiger, und sie waren hilflos davor. Sie hätten sich aussprechen sollen, aber nur die Zeit ging vorwärts. Der

Schattenmensch, das Unwirkliche in ihm rang manchmal nach Worten, eine Erkenntnis wollte aufsteigen, daß man alles nach ganz andern Werten messen müßte; aber sie war, wie alles Erkennen ist, zweideutig, unsicher. Und die Zeit lief, die Zeit lief davon, die Zeit verlor sich; die Uhr an der Wand war dem Leben näher als die Gedanken. Es war ein kleinbürgerliches Zimmer, in dem nichts von Großem geschah, darin sie saßen, die Wanduhr war eine runde Küchenuhr und zeigte eine Küchenzeit, und seine Mutter beschoß ihn mit Briefen, darin alles bewiesen stand; sie sandte kein Geld, sondern gab es für die Meinung von Ärzten aus, die ihm den Kopf zurechtsetzen sollten: er verstand es recht gut und nahm es nicht mehr übel. Einmal schickte sie sogar eine neue ärztliche Erklärung, aus der nun wirklich hervorging, daß Tonka ihm damals doch untreu gewesen sein mußte; aber statt Alarm in ihm zu schlagen, erregte sie nur eine fast angenehme Überraschung, er dachte, als ob es gar nicht ihn berührte, darüber nach, wie das damals wohl zugegangen sein mochte, und fühlte bloß: die arme Tonka, die dann an den Folgen einer einzigen flüchtigen Verwirrung so litt ...! Ja, er mußte sich manchmal in acht nehmen, daß er nicht plötzlich ganz lustig sagte: Tonka, gib acht, jetzt ist mir endlich eingefallen, was wir vergessen haben – mit wem du mir damals untreu warst! So verrann alles. Nichts Neues kam. Es blieb nur die Uhr. Und die alte Vertrautheit.

Und auch ohne daß sie sich ausgesprochen hatten, brachte sie die Augenblicke des Nacheinanderverlangens der Körper wieder. Sie kamen, so wie alte Bekannte auch nach langer Abwesenheit ohne viel Umstände ins Zimmer treten. Die Fenster jenseits des engen Hofes lagen blind im Schatten, die Menschen waren zur Arbeit gegangen, wie ein Brunnen dunkelte unten der Hof, die Sonne schien wie durch Bleischeiben in die Wohnung, sie hob jeden Gegenstand heraus und ließ ihn tot aufleuchten. Und da lag zum Beispiel auch einmal ein kleiner alter Kalender so aufgeschlagen, als hätte Tonka eben in ihm geblättert, und in der weiten, weißen Ebene eines Blattes stand, wie eine Pyramide der Erinnerung zu einem Tag gesetzt, ein kleines rotes Rufzeichen. Alle andern Blätter waren mit Eintragungen des alltäglichen Lebens, mit Preisen, Besorgungen gefüllt, und nur dieses war leer bis auf das Zeichen. Keinen Augenblick zweifelte er daran, daß dies die Erinnerung an jenen Tag bedeutete, dessen Vorfälle Tonka verbarg, die Zeit mochte ungefähr stimmen, und die Gewißheit schoß wie ein Blutsprudel in den Kopf. Aber die Gewißheit lag ja in nichts als eben in dieser plötzlichen Heftigkeit, und im nächsten Augenblick hatte sie sich wieder in ein Nichts zurückgezogen; wollte man diesem Rufzeichen glauben, so mochte man ebensogut dem Wunder glauben, und das Vernichtende war doch gerade, daß man keins von beiden tat. Es ging da ein erschrockenes Aufblicken von einem zum andern. Tonka hatte wohl das Blatt in seiner Hand bemerkt. Die Gegenstände in dem seltsamen Zimmerlicht sahen jetzt wie Mumien ihrer selbst aus. Die Körper wurden kalt, die Fingerspitzen vereisten, und die Eingeweide hielten wie ein heißer Knäuel alle Lebenswärme fest. Der Arzt hatte wohl gewarnt, Tonka bedürfe äußerster Schonung, sollte ihr nicht ein Unglück zustoßen; aber gerade den Ärzten durfte man ja in diesem Augenblick nicht trauen. Und auch nach der andern Seite blieben alle Anstrengungen vergeblich; vielleicht war Tonkas Kraft zu gering, sie blieb ein halbgeborener Mythos.

"Komm zu mir," bat Tonka, und sie teilten Leid und Wärme mit traurigem Gewährenlassen.

XIII

Tonka war ins Spital gekommen; die böse Wendung war eingetreten. Er durfte sie besuchen; stundenweise. So hatte sich die Zeit verloren.

An dem Tage, wo sie aus dem Hause fortgekommen war, hatte er sich den Bart abnehmen lassen. Nun war er wieder mehr er selbst.

Aber dann erfuhr er, daß sie am gleichen Tag – ungeduldig, kopflos, um es los zu sein, was sie aus Sparsamkeit so lange aufgespart hatte, bis sie nun Angst litt, es nicht mehr tun zu dürfen – rasch sich einen Backenzahn hatte reißen lassen, als letzte Handlung der Freiheit, bevor sie ins Spital fuhr. Ihre Wangen mußten nun traurig eingefallen sein, weil sie sich niemals helfen lassen wollte. Da wurden wieder die Träume stärker.

Ein Traum kehrte in vielen Formen wieder. Ein blondes, unscheinbares Mädchen mit blasser Haut erzählte ihm, daß seine neue, irgendeine erfundene Geliebte ihm durchgegangen sei, und wieder von Neugierde erfaßt, warf er hin: "Und glauben Sie, daß Tonka besser war?" Er schüttelte den Kopf und machte ein recht zweifelndes Gesicht, um das Mädchen damit zu einer ebenso kräftigen Beteuerung von Tonkas Tugenden zu reizen, er kostete schon den Wohlgeschmack der Erleichterung, welche ihm ihre Entschiedenheit bringen würde; aber statt dessen sah er langsam ein Lächeln auf dem Gesicht vor ihm entstehen, sah es mit fürchterlicher Langsamkeit sich ausbreiten, und dann sagte das Mädchen: "Ach, die hat ja so furchtbar gelogen. So war sie ganz nett, aber man konnte ihr kein Wort glauben. Sie wollte immer eine große Lebedame werden." Die größere Qual dieses Traumes war nicht das wie ein Messerschnitt ansetzende Lächeln, sondern daß er sich gegen die platte Ereiferung des Endes nie wehren konnte, weil sie in der Ohnmacht des Schlafes wie ihm aus der Seele gesprochen war.

Wenn er an Tonkas Bett saß, war er daher oft stumm. Er wäre gern so großmütig gewesen wie in früheren seiner Träume. Er hätte sich vielleicht auch aufschwingen können, wenn er etwas von der Kraft Tonka zugewandt hätte, mit der er an seiner Erfindung arbeitete. Die Ärzte hatten ja nie eine Krankheit an ihm finden können, und so umschlang die Möglichkeit eines geheimnisvollen Zusammenhangs ihn mit Tonka: er brauchte ihr nur zu glauben, so wurde er krank. Aber, vielleicht, sagte er sich, in einer andern Zeit wäre das möglich gewesen – er gefiel sich schon in solchen rückblickenden Gedanken –, in einer andern Zeit wäre Tonka vielleicht ein berühmtes Mädchen geworden, das zu freien, Fürsten sich nicht für zu gut gehalten hätten; aber heute?! Man müßte wohl einmal weitläufig darüber nachdenken. – So saß er an ihrem Bett, war lieb und gut zu ihr, aber er sprach nie das Wort aus: ich glaube dir. Obgleich er längst an sie glaubte. Denn er glaubte ihr bloß so, daß er nicht länger ungläubig und böse gegen sie sein konnte, aber nicht so, daß er für alle Folgen daraus auch vor seinem Verstand einstehen wollte. Es hielt ihn heil und an der Erde fest, daß er das nicht tat.

Die Bilder des Spitals quälten ihn. Ärzte, Untersuchungen, Disziplin: sie war ergriffen von der Welt und auf den Tisch geschnallt. Aber das erschien ihm fast schon als ein Mangel an ihr; sie mochte wohl etwas Tieferes sein, unter dem, was mit ihr in der Welt geschah, aber dann müßte auch alles anders sein in der Welt, damit man dafür kämpfen könnte. Er gab schon etwas nach, sie war ihm wenige Tage nach der Trennung bereits etwas fern geworden dadurch, daß er die Fremdheit ihres allzu einfachen Lebens, die er ein wenig wohl immer mitempfunden hatte, nicht mehr täglich reparieren konnte.

Und weil er an Tonkas Spitalsbett oft wenig sprach, schrieb er ihr Briefe, in denen er vieles sagte, was er sonst verschwieg, er schrieb ihr fast so ernst wie einer großen Geliebten; bloß vor dem Satz: ich glaube an dich! machten auch diese Briefe halt. Tonka antwortete nicht, er war ganz verdutzt. Da erst fiel ihm ein, daß er die Briefe nie abgeschickt hatte; sie waren ja nicht mit Sicherheit seine Meinung, sondern eben ein Zustand, der sich nicht anders helfen kann als mit Schreiben. Da merkte er, wie gut er es immer noch hatte, der sich ausdrücken konnte, und Tonka konnte es nicht. Und in diesem Augenblick erkannte er sie ganz klar. Eine mitten an einem Sommertag allein niederfallende Schneeflocke war sie. Aber im nächsten Augenblick war dies gar keine Erklärung, und vielleicht war sie auch nur einfach ein gutes Mädchen, die Zeit ging zu schnell, und eines Tages überraschte ihn fürchterlich die Mitteilung, daß es nicht mehr lange mit ihr dauern würde. Er machte sich bittere Vorwürfe wegen seines Leichtsinns, der sie nicht genug geschont hatte, aber da er sie Tonka nicht verbarg, erzählte sie ihm einen Traum, den sie in einer der letzten Nächte gehabt hatte; denn auch sie träumte. Ich hab im Schlaf gewußt, sagte sie, daß ich bald sterben werde, und, ich kann's gar nicht verstehen, ich war sehr froh. Eine Tüte Kirschen hab ich in der Hand gehabt; da hab ich mir gedacht: Ach was, die ißt du vorher schnell noch auf!... Und am nächsten Tage durfte er Tonka nicht mehr sehen.

XIV

Da sagte er sich: vielleicht war Tonka gar nicht so gut, wie ich mir eingebildet habe; aber gerade daran zeigte sich das geheimnisvolle Wesen ihrer Güte, das vielleicht auch einem Hund hätte zukommen können.

Ein trocken wie ein Sturm fegendes Leid ergriff ihn. Ich darf dir nicht mehr schreiben, ich darf dich nicht mehr sehn, heulte es um alle Ecken seiner Festigkeit. Aber ich werde wie der liebe Gott bei dir sein, tröstete er sich, ohne sich etwas dabei denken zu können. Und oft hätte er gern bloß geschrien: Hilf mir, hilf du mir! Hier knie ich vor dir! Er sagte sich traurig vor: Denk dir, ein Mensch geht mit einem Hund ganz allein im Sternengebirge, im Sternenmeer! – und Tränen quälten ihn, die so groß wurden wie die Himmelskugel und nicht aus seinen Augen herauskonnten. Er spann wachend nun Tonkas Träume.

Einmal, träumte er vor sich hin, wenn alle Hoffnung Tonkas geschwunden ist, wird er plötzlich wieder eintreten und da sein. In seinem weitkarierten braunen englischen Reisemantel. Und wenn er ihn aufmacht, wird ohne Kleider darunter seine weiße, schmale Gestalt sein, mit einer dünnen goldenen Kette und klingelnden Anhängseln daran. Und alles wird wie ein Tag gewesen sein, sie war dessen ganz sicher. So sehnte er sich nach Tonka, wie sie sich nach ihm gesehnt hatte. Oh, sie war nie begehrlich! Kein Mann lockte sie; es ist ihr lieber, wenn ihr einer den Hof macht, ein wenig ungeschickt weltschmerzlich auf die Gebrechlichkeit solcher Beziehungen hinweisen zu können. Und wenn sie abends aus dem Geschäft kommt, ist sie ganz ausgefüllt von seinen lärmenden, lustigen, ärgerlichen Erlebnissen; ihre Ohren sind voll, ihre Zunge spricht innerlich noch weiter; da ist kein kleinstes Plätzchen für einen fremden Mann. Aber sie fühlt, wohin das nicht reicht in ihr, dort ist sie überdies groß, edel und gut; kein Geschäftsmädel ist sie dort, sondern ebenbürtig und verdient ein großes Schicksal. Darum glaubte sie auch, trotz allen Unterschieds, ein Recht auf ihn zu haben; von dem, was er trieb, verstand sie nichts, das ging sie nicht an, sondern weil er im Grunde gut war, gehörte er ihr; denn auch sie war gut, und irgendwo mußte doch der Palast der Güte stehen, wo sie vereint leben sollten und sich niemals trennen.

Aber was war diese Güte? Kein Tun. Kein Sein. Ein Schimmer, wenn sich der Reisemantel öffnet. Und die Zeit ging zu schnell. Er hielt sich noch an der Erde fest und hatte den Gedanken: ich glaube an dich! noch nicht mit Überzeugung ausgesprochen, er sagte noch: und wenn alles auch so wäre, wer könnte es denn wissen – da war Tonka tot.

XV

Er hatte der Wärterin Geld geschenkt und sie hatte ihm alles erzählt. Tonka hatte ihn grüßen lassen.

Da fiel ihm nebenbei ein wie ein Gedicht, zu dem man den Kopf wiegt, das war gar nicht Tonka, mit der er gelebt hatte, sondern es hatte ihn etwas gerufen.

Er wiederholte sich diesen Satz, er stand mit dem Satz auf der Straße. Die Welt lag um ihn. Wohl war ihm bewußt, daß er geändert worden war und noch ein anderer werden würde, aber das war er doch selbst und es war nicht eigentlich Tonkas Verdienst. Die Spannung der letzten Wochen, die Spannung seiner Erfindung, versteht es sich recht, hatte sich gelöst, er war fertig. Er stand im Licht und sie lag unter der Erde, aber alles in allem fühlte er das Behagen des Lichts. Bloß wie er da um sich sah, blickte er plötzlich einem der vielen Kinder ringsum in das zufällig weinende Gesicht; es war prall von der Sonne beschienen und krümmte sich wie ein gräßlicher Wurm nach allen Seiten: da schrie die Erinnerung in ihm auf: Tonka! Tonka! Er fühlte sie von der Erde bis zum

Kopf und ihr ganzes Leben. Alles, was er niemals gewußt hatte, stand in diesem Augenblick vor ihm, die Binde der Blindheit schien von seinen Augen gesunken zu sein; einen Augenblick lang, denn im nächsten schien ihm bloß schnell etwas eingefallen zu sein. Und vieles fiel ihm seither ein, das ihn etwas besser machte als andere, weil auf seinem glänzenden Leben ein kleiner warmer Schatten lag.

Das half Tonka nichts mehr. Aber ihm half es. Wenn auch das menschliche Leben zu schnell fließt, als daß man jede seiner Stimmen recht hören und die Antwort auf sie finden könnte.

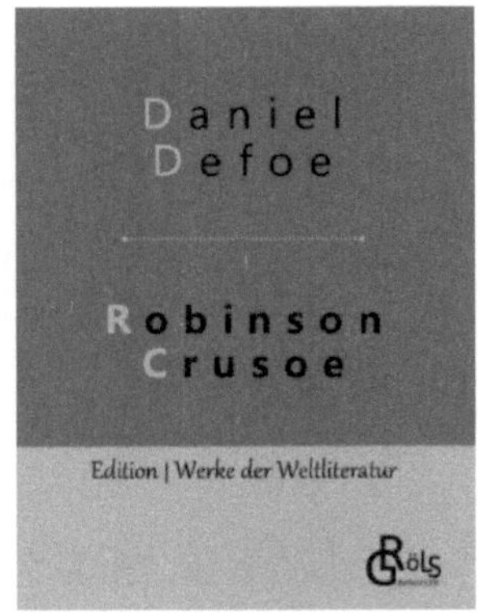

Alle Werke unter www.groels.de